W0308464

SCIENCE FICTION

Herausgegeben
von Wolfgang Jeschke

JONATHAN CARROLL

SCHWARZER COCKTAIL

Roman

Aus dem Amerikanischen übersetzt
von
Irene Bonhorst

Mit einem Nachwort von
Frank Duwald

Illustriert von
Dave McKean

Deutsche Erstausgabe

WILHELM HEYNE VERLAG
MÜNCHEN

HEYNE SCIENCE FICTION & FANTASY
Band 06/5014

Titel der englischen Originalausgabe
BLACK COCKTAIL
Deutsche Übersetzung von Irene Bonhorst
Das Umschlagbild malte Dave McKean,
ebenso die Illustrationen im Text

Redaktion: Wolfgang Jeschke

Erstveröffentlichung by Century (A Legend Novella)
London–Sydney–Auckland–Johannesburg

Printed in Germany 1993
Umschlaggestaltung: Atelier Ingrid Schütz, München
Technische Betreuung: Manfred Spinola
Satz: Schaber Satz- und Datentechnik, Wels
Druck und Bindung: Presse-Druck, Augsburg

ISBN 3-453-06590-5

Für Diane Wakoski

Was mir an Michael Billa von Anfang an gefiel, waren seine Geschichten. Es gibt manche Leute, die besitzen die herrliche Fähigkeit, die kleinsten Ereignisse, und seien sie noch so vergessenswert, aufzugreifen und sie durch ihre Erzählkunst in Abenteuer zu verwandeln, die tief zu Herzen gehen — oder zumindest gut für eine gesunde Erheiterung sind und die den Staub von den langweiligen Regalen unseres Alltags fegen.

»Ich hatte mal eine Telefonnummer, die sich nur geringfügig von der des Personalbüros der Stadtverwaltung unterschied. Andauernd riefen Leute an und wollten Mr. Posamenti sprechen, den Direktor der Städtischen Stellenvergabe. Ich war stets sehr freundlich und sagte, tut mir leid, Sie haben falsch gewählt. Doch ungefähr nach dem fünfzigsten Mal drehte ich durch und sah rot.

Was mich außerdem zur Weißglut brachte, war die Dummheit einiger dieser Anrufer. Die Hälfte davon hörte sich so an, als hätten sie Schwierigkeiten gehabt dahinterzukommen, wie man bei einem Telefon die Nummern wählt. Und wenn sie hörten, daß sie einen Fehler gemacht hatten, waren einige ausgesprochen *mißtrauisch* und dachten, ich würde sie zum Narren halten ... *Sie* hatten die *richtige* Nummer gewählt, doch ich war nichts als ein boshafter kleiner Mistkerl, der versuchte, sie hereinzulegen!

Eines Morgens klingelte das Telefon, als ich ziemlich beschissener Laune war. Als der Typ sagte: ›Ich möchte gern Mr. Posamenti sprechen‹, zögerte ich einen Moment lang, betrachtete das Telefon und sagte dann: ›Am Apparat.‹

›Also, ich heiße Rickie Otto, und ich hätte gern 'nen Job bei der Stadt.‹

›Welche Voraussetzungen bringen Sie mit, Mr. Otto?‹

›Wie meinen Se 'n das?‹

›Welche Arbeit haben Sie bisher verrichtet, aufgrund derer Sie glauben, für eine Stelle bei der Stadt geeignet zu sein?‹

›Ich bin Kriegsveteran, und ich hab' 'nen Lkw gefahren. Ich kann bei der Stadt als Lastwagenfahrer arbeiten.‹

›Das klingt nicht schlecht. Wir könnten doch gleich einen Termin für ein Vorstellungsgespräch vereinbaren, was meinen Sie?‹

›Okay, von mir aus.‹

›Gut, Mr. Otto. Dann möchte ich, daß Sie nächsten Dienstag morgens in die Stadtverwaltung kommen, Zimmer Nummer 32, und zwar als Eule gekleidet. Ist Ihnen das recht?‹

›Als *was* gekleidet? Was ham' Se gesagt?‹

›Als Eule gekleidet, Mr. Otto.‹«

Michael hat außerdem eine wundervolle Art zu rauchen. Er versteht es, einen Zug an der Zigarette höchst dramatisch zu gestalten und ihn genau in einem Augenblick einzusetzen, daß das, was immer er soeben gesagt hat, während seines Inhalierens so tief in den Zuhörer einsinken kann, daß es am Grund aufschlägt und explodiert, wenn er gerade im Begriff ist weiterzusprechen.

Er lächelte, zuckte die Achseln und blies Rauch zur Decke hinauf. »Otto sagte *ziemlich* lange nichts, dann legte er einfach auf. *Klick.*«

Wir lernten uns auf mysteriöse und gleichzeitig romantische Weise kennen.

Glenn, der Mann, mit dem ich zusammengelebt hatte, wurde bei dem entsetzlichen Erdbeben getötet, das vor kurzem in Los Angeles ungeheuren Schaden angerichtet hat. Wir waren sehr verliebt ineinander und waren einander die ganze Zeit über treu geblieben. Wir betrachteten uns als zwei vom Glück Begünstigte in jenen Seuchenzeiten von AIDS, in denen so viele unserer anderen schwulen Freunde entweder an der Krankheit gestorben waren oder ohne große Hoffnung auf die Ergebnisse ihrer Blutuntersuchung warteten. Glenn hatte oft verbittert darüber gespottet, daß die Schwulen innerhalb von einer Generation von gesellschaftlich Unberührbaren zu körperlich Unberührbaren geworden waren. Doch wir beide waren glücklicherweise irgendwie verschont geblieben: Wir hatten unsere Liebe, wir waren gesund, und wir hatten alle beide Jobs, um die uns viele Leute beneideten.

Dann ereignete sich eines Abends, als Glenn draußen auf der Veranda war, das Erdbeben. Unser Haus wurde durch die Erschütterung buchstäblich in zwei Teile gerissen, und riesige Bruchstücke fielen auf meinen Freund herab.

Ich befand mich auf der Heimfahrt vom Funkhaus des Radiosenders, für den ich arbeite. Wie durch ein Wunder spürte ich lediglich ein cartoonhaftes Aufbäumen und Wogen der Autobahn, eine Szene wie aus einem Mickymaus-Traum. Ich erinnere mich, daß sich der schwarze Straßenbelag wellenförmig schlängelte wie ein Aal und Personenautos und Lastwagen in die Luft schleuderte, als hätten sie überhaupt kein Gewicht. Während der vielen Stunden, die es dauerte, bis ich anschließend nach Hause gelangte, mußte ich daran denken, wieviel Angst Glenn vor Erdbeben hatte; wie oft hatte er vorgeschlagen, daß wir in einen anderen Staat ziehen sollten, bevor die ganz große Katastrophe einträte. Lächelnd pflegte ich darauf zu erwidern: »Wie kannst du aus Kalifornien wegziehen, wenn du so erfolgreich bist?«

Und seine Antwort lautete: »Weil du nicht erfolgreich sein kannst, wenn du tot bist, Ingram.«

Das ging mir durch den Kopf, während ich in jener Nacht des Verlustes über den gespaltenen und ächzenden Boden von Los Angeles wanderte. Obwohl es im Winter in LA sehr schön ist, wird es früh dunkel. Als ich schließlich bei uns zu Hause ankam, war es acht Uhr und bereits stockfinstere Nacht. Überall waren fast alle Lichter erloschen, keine Autos bewegten sich auf der schlimm aufgerissenen Straße, und die einzigen Geräusche waren das durchdringende Krachen und Knistern von Feuer, das Heulen von Sirenen und das Dröhnen von Hubschraubern, die alle paar Minuten im Tiefflug durch die Luft donnerten.

Als mir klar wurde, daß ich vor dem stand, was am Morgen mein Zuhause gewesen war, stürzte ich mich auf die Reste davon und begann rasch zu graben.

Ab hier gibt es noch mal eine ganz eigene Geschichte, doch ich habe nicht die Absicht, davon zu sprechen. Außerdem bin ich kein so guter Geschichtenerzähler wie Michael, so daß ich Ihnen an diesem Punkt nur noch mehr Tränen bieten könnte und ich die Toten und die Lebenden anflehen müßte zu begreifen, warum ich nicht in der Lage war, das Leben des Mannes zu retten, den ich liebte.

Wir fanden Glenn, bevor er starb. Ja, jemand fand ihn in diesem stinkenden Schutthaufen aus Stein und Rauch. Unterstützt von unseren nächsten Nachbarn, zog ich das, was noch von ihm übrig war, aus dem Trümmerberg. Nur um zu erleben, wie er meine Hand losließ, zu lächeln versuchte und starb.

Nach seiner Beerdigung (erinnern Sie sich an die vielen neuen Friedhöfe, die nach der Katastrophe eiligst angelegt wurden, wobei in all dem Chaos so Orte wie Forest Lawn entstanden? Die Grundstückspreise in Kalifornien kletterten mal wieder in schwindelerregende Höhen, allerdings diesmal für Raum unter der Erde, nicht so sehr an der Oberfläche), schrieb ich meiner Schwester Maris einen Brief über das, was geschehen war. Das hatte zwei erstaunliche Dinge zur Folge: Ich bekam sehr schnell Antwort von ihr, was in Anbetracht der Verhältnisse in Kalifornien nach dem Beben bemerkenswert war. Zweitens empfahl sie mir, einen Mann namens Michael Billa anzurufen. Ihr Mann schlug vor, ich sollte mit Billa Kontakt aufnehmen, weil er der Ansicht war, daß wir beide miteinander ›zurechtkommen‹ würden. Mehr nicht.

Ich war dem Mann meiner Schwester ein paarmal begegnet, und obwohl ich ihn mochte, stieß mich seine Anmaßung in diesem Fall ab: Wie konnte er sich *einbilden* zu wissen, mit welcher Art von Personen ich ›zurechtkomme‹?

Aber die Einsamkeit macht keine Gefangenen; entweder tötet sie einen, oder sie läßt einen in Ruhe. Mich hätte sie fast umgebracht. Nachdem ich das Geröll des Erdbebens und das meines Lebens durchgesiebt hatte, stellte ich fest, daß ich etwas davon retten wollte. Eine Handvoll Dinge (außer den Erinnerungen) wollte ich abstauben, reparieren lassen, *behalten* ...

Kurz danach folgte eine Zeit, in der ich mich vor den Schaufenstern von Waffengeschäften herumtrieb und Listen von Ärzten erstellte, von denen ich wußte, daß sie bereit waren, mir fragwürdige Rezepte auszustellen.

Das ging vorbei, doch das Gefühl einer traurigen Schwerelosigkeit blieb. Der Tod bietet verschiedene Gänge in seinem Menü außer dem alten handfesten Stillstand der Gehirnströme oder der tapferen Herzpumpe.

Eigentlich war es Michael, der sagte, daß der Tod wie ein Barkeeper sei, der eine ganze Anzahl von exotischen Drinks zusammenmischen könne, außer dem üblichen Bier mit Schuß oder einem doppelten Wodka.

»Denk mal über die mannigfaltigen Todesvariationen nach, Ingram. Ich bin in einer Stadt aufgewachsen, in der es von alten sizilianischen Frauen wimmelte. Vielen waren die Männer weggestorben, als sie noch sehr jung waren, und bei diesem Ereignis, das *sechzig* Jahre zurücklag, hatten sie schwarze Trauerkleidung angelegt und nie wieder ausgezogen — *pffft!* Die Luft war raus. Was immer an Lust und

UNS

Liebe und Lebensfreude in ihnen gesteckt haben mochte, gab gleichzeitig mit den Ehegatten den Geist auf. Und stell dir vor, diese Frauen waren achtzehn, als es geschah, und achtzig, als ich sie kannte!

Oder in der Schule kannte ich einen Typen, der nicht in Yale angenommen wurde … in dem Moment, als er das erfuhr, starb etwas in dem blöden Kerl. Ich sage dir, bis zum heutigen Tag hat er nicht aufgehört davon zu erzählen, wie er vom Zulassungskomitee der Universität beschissen worden sei. Dabei handelt es sich um einen Mann, der im Leben sehr erfolgreich ist! Was immer es war — sein Hochschul-Ego, eine Sicherheit, in der er sich bis zu dem Tag wiegte, als der Brief von Yale kam — RIP* — Ruhe in Frieden.

Kleine Tode. Tode, die wir uns leisten können, weil noch so vieles in uns weiterlebt. Auch hier kann man wieder einen Vergleich mit dem Trinken anstellen — einige Leute trinken und trinken, obwohl sie genau wissen, daß sie besoffen werden. Doch normalerweise können sie es sich leisten, einige ihrer Fähigkeiten zu ›verlieren‹, wegen einer bestimmten Situation für diesen Tag zu sterben. Ich brauche heute abend nicht zu fahren? Dann brauche ich auch nicht mehr klar zu sehen. Wir sind umgeben von Freunden? Dann kann ich mich wie ein Arschloch benehmen.«

»Hältst du es für eine Art Tod, wenn man sich einen Lampenschirm auf den Kopf setzt?«

»Sicher, es ist der Tod des gesunden Verstandes. Eine gefährliche Sache, wenn es die falschen Leute

---

* Rest In Peace

mitkriegen. Du kennst das. Sieh dir doch bloß die komischen Käuze in deiner Sendung an.«

Ich bin Gastgeber in einer Radio-Talkshow. Seit fünf Jahren mache ich eine unbequeme Sendung mit dem Titel *Ausgerastet,* die besonders ausgeflippte Typen bei sich willkommen heißt, bitte Platz zu nehmen, und sie sich alles von der Seele reden läßt, was in ihnen so vorgeht. Die Show ist ungewöhnlich, sehr beliebt und häufig, so vermute ich, aufreibend. Die Leute, die daran teilnehmen, sind ebenso kreativ wie (meistens) verrückt. Dabei fällt mir immer wieder Mark Twains Text ein, daß es erstrebenswerter sei, in die Hölle zu kommen als in den Himmel, weil dort alle interessanten Leute sind. Was immer man von *Ausgerastet* halten mag, man verbringt damit eine Stunde ohne Langeweile.

Hin und wieder ist ein echter Knüller dabei — ein Mystiker zum Beispiel, der wirklich tiefe und intime Einsichten in die Geheimnisse des Lebens hat, oder eine Wahrsagerin, die nach einem einzigen Blick drei Dinge über einen sagt, die man nicht hören möchte. Aber so etwas ist selten, und die meisten meiner Gäste sind schwankende Hochspannungsleitungen für Energie, Gags, Botschaften und Geheimnisse aus dem Jenseits.

Die Sendung ist deshalb so erfolgreich, weil ich diese Leute gern zum Reden bringe, weil ich mir gern ihre Geschichten und alles, was sie zu sagen haben, anhöre. Einmal hat jemand Ronald Reagan gefragt, warum er seiner Meinung nach beim amerikanischen Volk so beliebt sei. Er antwortete, das läge daran, weil die Leute spürten, daß er sie wirklich mochte. Das gleiche Gefühl habe ich gegenüber den

Leuten, die zu *Ausgerastet* kommen. Ich mag sie und höre mir gern ihre Geschichten an.

Das einzige, was mich nach Glenns Tod wenigstens einigermaßen in Gang hielt, war die Show. Verrückt oder nicht, die Gäste sind ausnahmslos mit einer besonderen Energie geladen, wenn sie durch die Studiotür hereinkommen, um vielleicht Schildkrötenfarmen auf Pluto zu verkaufen oder über das Omelett-Volk zu reden, das ihren Hinterhof bewohnt. Doch was mich oft von einem Tag zum nächsten rettete, war die Erkenntnis, die ich durch die Show erlangte, wie aufregend und vielfältig das Leben ist. Mochte man auch für eine gewisse Zeit ziemlich tief in der Scheiße stecken, so konnten sich die Dinge doch im nächsten Augenblick oder innerhalb der nächsten Stunde bessern oder zumindest ändern. Ich brauchte mir nur die Liste der Besucher einer Sendung anzusehen, um zu wissen, wenn es einen Mann gab, der unter einem Pferd lebte, oder eine Frau, die glaubte, ihre Uhr sei Elvis Presley, dann gab es auch für mich andere Orte, andere Möglichkeiten, einen anderen Menschen, der zu mir sagen würde: »Ja, komm her, wir müssen miteinander reden.«

Also kaufte ich mir keine Pistole und nahm keine Tabletten, sondern schlug eines Abends, als ich mich dabei ertappte, daß ich meine Hände zu lange anstarrte, tatsächlich mein Adreßbuch auf und rief den Mann an, von dem mein Schwager meinte, daß ich mit ihm zurechtkommen würde.

Warum nicht, zum Teufel?

Michael zögerte zunächst, doch ich hörte auch Neugier in seiner Stimme mitschwingen, als er sagte, er sei bereit, probeweise einen Schritt in meine Richtung zu tun, wenn ich mich nicht zu schnell bewegte und ihn nicht wie einen Vogel, der direkt vor einem steht, ›aufscheuchte‹.

»Mögen Sie einen guten klebrigen, heißkalten Eisbecher?«

»Sie sprechen mir aus der Seele.«

»Dann treffen wir uns bei C. C. Brown's am Hollywood Boulevard.«

Ich zeichne *Ausgerastet* an zwei Tagen in der Woche am Nachmittag auf, damit ich an den Sendeabenden frei habe. An jenem Abend, als ich den Eissalon betrat, war ironischerweise das letzte, was ich auf der Straße hörte, bevor ich durch die Tür ging, der Anfang des gespenstischen Funk-Songs *Sensora* vom Cabaret Voltaire, das aus irgend jemandes Autoradio klang: die Erkennungsmelodie von *Ausgerastet.* Ich wußte nicht, ob das ein gutes oder ein Schlechtes Omen war.

Zwei Männer saßen jeweils allein in einer Nische. Der eine war halb hinter einer Zeitung versteckt, der andere blickte zur Tür, während er sich mit dem Finger unterm Hemdkragen entlangfuhr. Der Mann hinter der Zeitung sah dick aus, der andere, der mit seinem Kragen spielte, wirkte zu nervös. Keiner machte einen vielversprechenden Eindruck.

»He, Ingrim York!«

Jemand hinter mir rief diese Worte. Als ich mich umdrehte, um Michael Billa zu begrüßen, sah ich statt dessen Willy Snakespeare. Willy war Stammgast in meiner Sendung und stets kurzfristig verfügbar, wenn ich eine ›Plaudertasche‹ brauchte, um das

Ganze lebhafter zu gestalten. Er war lustig, konnte über alles mögliche reden und war so verrückt, wie man es sich nur wünschen konnte. Er lebte mit zwei Boaschlangen namens Laverne und Surly zusammen, die er jedesmal mit ins Studio brachte. Ich mochte Willy, in kleinen Dosen, aber an diesem Abend konnte ich ihn absolut nicht gebrauchen. Billa wußte, womit ich meinen Lebensunterhalt verdiente, aber bei unserer ersten Begegnung wollte ich ihm keinen erschreckenden lebenden Beweis dafür liefern, mit was für Menschen ich mich freiwillig täglich umgab.

»Ich hätte meine Schlangen mitgebracht, wenn ich geahnt hätte, daß ich Ihnen über den Weg laufen würde.«

»Grüß dich, Willy. Bis bald, Willy.«

»Wie wär's mit 'nem Eis, Ingram? Ich habe gerade meine Rente bekommen und möchte Sie zu 'nem Eis einladen.«

»Danke, Willy, aber ich bin hier mit jemandem verabredet. Kann ich einen Gutschein für ein andermal kriegen?«

Er sah mich an, wie Enten einen ansehen — von der Seite und mit eindringlichem Starren. »Ich wittere Morgenluft! Ein Schätzchen wartet auf Sie, was?«

»Ein Freund.«

Er lächelte. »Haben Sie mal die Geschichte von Jack Nicholson gehört? Er war auf einer Party, als eine schöne Frau auf ihn zukommt und sagt: ›Hallo Jack, hast du Lust zu tanzen?‹ Jack mustert sie von oben bis unten und antwortet. ›Das Verb stimmt nicht, Süße. Du hast das falsche Verb gebraucht.‹«

Willy erzählte die Geschichte in voller Lautstärke.

Als er fertig war, lachte jemand hinter uns herzhaft und wohlwollend. Ich drehte mich um und sah den Dicken, der die Zeitung gesenkt und das Gesicht zu einem breiten Lächeln verzogen hatte. Vielleicht war er gar nicht dick — nur groß, breit, kräftig oder so. Gewichtheber oder ehemaliger Fußballspieler? Als er mich erblickte, winkte er und bedeutete mir, zu ihm zu kommen. Willy klopfte mir auf den Rücken und marschierte hinaus.

Michael erhob sich halb von seinem Sitz und streckte mir eine gewaltige Pranke entgegen.

»Sie sind sehr groß. Am Telefon hörten Sie sich mittelgroß an.«

»Da wir gerade von Stimmen sprechen, sagen Sie mal: ›Hallo. Die Außerirdischen sind gelandet.‹«

Ich war überrascht. »Hören Sie sich meine Sendung an?«

»Manchmal. Sie ist ein bißchen dick aufgetragen für meinen Geschmack, aber es gefällt mir, wie Sie mit den Leuten umgehen. Sie behandeln sie wie wirkliche menschliche Wesen und nicht wie seltene tropische Fische.«

Ich setzte mich. »Einige von ihnen *sind* tropische Fische. Sie lassen sich nur Beine wachsen, damit sie zur Sendung kommen können.

Als ich vorhin hereinkam, wußte ich nicht, welcher der beiden Männer Sie sind.«

Er drehte die Handflächen nach oben. »Ich vergesse immer wieder, den Leuten zu sagen, daß sie nach einem großen Kerl Ausschau halten sollen. Wenn ich darauf hinweise, dann bin ich nicht schwer zu finden.

Aber ich muß Ihnen sagen, ich vergesse einfach, daß ich groß bin. Während meiner Kindheit hatten wir einen Apportierhund mit goldfarbenem Fell, der bestimmt achtzig Pfund gewogen haben muß. Eine verdammt große Hündin. Doch *sie* war überzeugt davon, daß sie so zierlich und zartgliedrig wie eine Französin sei. Sie pflegte sich in den kleinsten Sessel im ganzen Haus zu zwängen und dort unbequem zu liegen, und dabei tat sie so, als ob ihr dieser Platz ausgezeichnet paßte, obwohl offensichtlich war, daß sie sich besser auf der Couch ausgestreckt hätte. So bin ich auch. Ich kaufe mir Schuhe, die mich fürchterlich drücken, und kann es nicht glauben, wenn man mir sagt, ich hätte Anzuggröße sechsundfünfzig, Überlänge ... Im Herzen bin ich Edith Piaf.«

Die Eisbecher kamen, und ich erzählte ihm über meine Arbeit an der Sendung und einige der schillerndsten Figuren dabei. Er war ein zappeliger Mensch, und obwohl er ständig mit dem Geschirr spielte oder sein Wasserglas auf dem Tisch herumschob, konnte kein Zweifel daran bestehen, daß er aufmerksam zuhörte.

Als die Zeit gekommen war, daß er von sich erzählte, hörte das Gezappel auf, und alles an Michael Billa dämpfte sich zu einer Plauderei-am-Kamin-Haltung. Er hatte viel zu sagen und wußte, daß man es begierig hören würde und gar nicht genug davon bekommen konnte, aber man mußte sich seinem Tempo anpassen und durfte keine Ungeduld zeigen. Zunächst hielt ich das für einen ungezogenen Manierismus — da er einem das Gefühl gab, daß er es kaum erwarten konnte, bis man schwieg, damit *er* seine Sachen loswerden konnte. Doch nachdem ich eine Weile mit ihm zusammen war, erkannte ich, daß Michael alles voller Ungeduld tat, *außer* sprechen. Es war sein einziges Hobby. Sprechen war sein Angelsport, seine Briefmarkensammlung, ein ausgedehntes Essen mit Freunden in einem teuren Restaurant. Es war das einzige, das ihm gestattete, sich zu entspannen.

Er führte ein gutgehendes Herrenausstattungsgeschäft in der Innenstadt, ›Das Kabinett des Doktor Caligari‹, und verbrachte die meiste Zeit mit Arbeiten. Er fuhr einen Kompaktwagen, wohnte in einem edel möblierten, aber kleinen Haus in Larchmont und beschäftigte sich in seiner Freizeit anscheinend mit nichts anderem als mit Lesen.

Wir beendeten den Abend auf einem Minigolfplatz in West Hollywood. Ich hatte seit der Unterstufe der Highschool nicht mehr Minigolf gespielt, aber wie Bowling oder Rollschuhfahren war es ein Spaß, etwas wieder zu tun, was so typisch *damalig* war, und dabei über die eigene Schulter zurückzublicken wie zu einem Mitfahrer auf dem Rücksitz des Wagens.

Nach den ersten paar Schlägen zog sich Michael die Jacke aus. Er war sogar noch größer, als ich angenommen hatte.

»Hast du früher mal Fußball gespielt?«

Er schüttelte den Kopf. »Das werde ich von allen Leuten gefragt, aber es ist nicht so. Ich war nie ein besonders guter Sportler, ich mache statt dessen lieber so Sachen wie das hier. Als Kind war ich einfach nur fett. Du weißt schon, von der Sorte, die drei süße Knabberstangen im Pausenpaket haben und nach der Schule nach Hause geht und ein Riesenstück Schokoladenkuchen vertilgt. Du liebe Zeit, ich war ein abscheulicher Anblick!

Als Kind möchte man so gern geliebt werden, und dann tut man so ziemlich alles, um ja nicht liebenswert zu sein. Man ißt zuviel, badet zu selten, heult ...« Er schnalzte einem Ball hinterher, der ins Weite davonsegelte. »Zum Glück gab es Clinton.«

»Wer ist Clinton?«

Er sah mich an, als hätte ich eine sehr persönliche Frage gestellt. Es entstand eine Pause, während er den Golfschläger dicht über den Boden hielt und ihn vor und zurück zucken ließ.

»Ein Junge, der mir das Leben gerettet hat. Mehr als einmal.«

Die Bar im Westwood Muse Hotel ist bei den Rundfunkleuten von Los Angeles ein beliebter Ort zum Absacken. Ich schlug vor, nach dem Minigolfplatz noch auf einen Sprung reinzuschauen. Michael lächelte und erklärte, daß er nicht trinke, aber für eine gute Bar trotzdem etwas übrig habe.

»Wie das, wenn du nichts trinkst?« Ich dachte an seine Nervosität, seine bereits deutlich erkennbare Unfähigkeit, länger als ein paar Minuten lang stillzusitzen. Ob eine Bar gut ist, merkt man frühestens nach einer Stunde: Man muß sich ihr entspannt hingeben, sich von ihr an der Hand nehmen und ihre besten Eigenschaften zeigen lassen — ihre Kundschaft, die Musik, die gemütlichsten Ecken.

»In einer guten Bar fühlt man sich behaglich genug, um eine gute Geschichte zu erzählen. Selbst wenn sie sich über Stunden hinzieht.« Michael trank ein großes Glas Ginger Ale mit Grenadine.

Wir saßen in der Ecke mit dem Becken voll blauer Fische und beobachteten einen Mann und eine Frau, die den Raum betraten. Er wirkte sehr bekümmert,

während sie, eine auffallende Rothaarige, aussah wie der Zorn Gottes. Ich machte eine entsprechende Bemerkung zu Michael, der nickte.

»Das habe ich auch gerade gedacht. Sie macht ein Gesicht, als ob er ihr soeben eröffnet hätte, daß er eine andere hat.«

»Eine der Frauen, die mir im Leben am meisten bedeutet haben, hatte rote Haare. Eddie Devon; sie war das erste weibliche Wesen, das meine Phantasie beflügelte. Mit fünfzehn hatte sie einen Körper, der selbst Mönche zum Jaulen gebracht hätte. Eddie Devon kaute sogar Kaugummi auf eine erotische Art. Ist dir jemals aufgefallen, wie junge Mädchen Kaugummi kauen, als hätten sie den Mund voll von etwas Schmutzigem, Rosafarbenem und Erotischem? Von der gleichen Farbe wie dieser Drink.« Er hielt sein Glas hoch. »Alle an unserer Schule gafften sie an, und sie wußte es. Junge Frauen haben einen Stolz an sich, der sie zum Strahlen bringt — sie wissen, daß sie der Mittelpunkt der Aufmerksamkeit und der Belange der Welt sind. Vielleicht wissen sie im tiefsten Innern auch, daß dieser Zustand höchstens ein paar Jahre anhalten wird, und deshalb kosten sie ihn aus, solange sie können.

Wie auch immer, Eddie brachte uns alle um den Verstand, einschließlich des dicken Scheusals Mike Billa. Kannst du dir vorstellen, wie es ist, vor Eddie Devon ›Fettarsch‹ genannt zu werden? Es gibt nichts Schlimmeres, Ingram. Es ist eine der tödlichen Wunden, die einem während der Kindheit zugefügt werden. Aber wir sind in jener Zeit hart im Nehmen; solang ich ihren Atem spüren konnte, konnten mir die Beleidigungen der anderen Kinder nichts anhaben.

Manchmal sagte sie sogar etwas Nettes zu mir oder lächelte mich an, was einen großen Brocken des Schmerzes zunichte machte.

Mein Gott, wie lange ist es her, daß ich an dieses Mädchen gedacht habe? Wahrscheinlich liegt es daran, daß du mich vorhin an Clinton erinnert hast.«

Michael nahm einen kräftigen Schluck von seinem Drink und stellte das Glas schwungvoll und lächelnd auf den Tisch. »Ich muß dir eine Geschichte von Clinton und Eddie erzählen.«

»Sein Name war Clinton Deix.« (Michael sprach den Nachnamen ›Daiks‹ aus.) »Er wohnte in meiner Straße im Waisenhaus Saint Deborah. Die Kinder, die in St. Deb's lebten, waren allesamt grobe Raufbolde, aber Clinton war kaum fünf Minuten dort, da hatte er alle Anwesenden in den Arsch getreten und sich zum Boss gemacht. Weißt du, wie er sich selbst nannte? ›Prinz von Fingern und Zehen.‹ Frag mich nicht warum. Er kam aus New York, doch ich bin nie ganz hinter die Einzelheiten gekommen, wieso er in St. Deborah's gelandet war, außer daß seine Eltern tot waren, wie er mir erzählte.

Er war total verrückt. Wahrscheinlich schizophren, doch damals kannten wir solche hochtrabenden Worte noch nicht, deshalb dachten wir, er wäre einfach unheimlich oft schlecht gelaunt. Clinton war so verrückt, daß er, wenn er mit jemandem Streit hatte, den nächstbesten Gegenstand nahm und seinen Widersacher damit auf den Kopf schlug. Ich habe ihn selbst dabei beobachtet. Viele Kinder in meiner Stadt waren Schlägertypen, aber sie wußten, wann es brenzlig wurde. Clinton war so irre wie eine Fliege in einem Glas.«

»Was für eine seltsame Vorstellung. Und ihr wart befreundet? Ich dachte, du hättest gesagt, du seiest der typische Verlierer?«

Michael nickte und schloß die Augen. »Das war ich auch, aber du weißt doch, wie sich manche Kinder zueinander hingezogen fühlen, und der Grund dafür liegt nur an irgendeiner seltsamen chemischen Reaktion. Im Grund genommen waren wir vom ersten Tag unserer Bekanntschaft an Kumpel. Das Waisenhaus lag ein ganzes Stück weiter in derselben Straße, in der ich wohnte, etwa zehn Minuten von unserem Haus entfernt. Nach seinem ersten Tag in meiner Schule stellten wir fest, daß wir denselben Heimweg hatten, und gingen zusammen. Als wir vor meinem Haus angekommen waren, klopfte er mir auf die Schulter und sagte, daß wir uns morgen wiedersehen würden. Am nächsten Morgen erwartete er mich vor unserer Gartenpforte, also gingen wir wieder zusammen, und damit war die Sache besiegelt.

Am zweiten Tag beim Mittagessen nannte Anthony Fanelli ihn einen ›Nazi‹, und Clinton stopfte Anthony ein Sandwich ins Ohr. Mit Eiersalat. Bis heute sehe ich noch das Bild vor mir, wie der gelbe und weiße Brei an der Seite von Fanellis Kopf heruntergiitt.« Billa beugte sich mit gerundetem Rücken nach vorn und legte aufgeregt die Hände gegeneinander. »Verstehst du, Anthony ließ sich normalerweise nichts gefallen, doch als Clinton mit dem Sandwich auf ihn losging, geschah das so schnell und brutal, daß Fanellis Blick Angst ausdrückte, als ob er sich dachte: mit *dem* lege ich mich lieber nicht an, nein danke.«

Billa erzählte die Geschichte mit so viel Genuß und vergnügter Erinnerung, daß ich mir Fanellis Gesichtsausdruck deutlich vorstellen konnte; der Schreck darüber, plötzlich der Geschlagene zu sein, die Schande des Bewußtseins, daß alle ringsum Zeuge dieser Demütigung wurden.

»Was tat Fanelli daraufhin?«

»Er blickte starr geradeaus und aß die zweite Hälfte seines Sandwiches. Dann kam Eddie Devon mit ihrer Meute vorbei; sie blieb vor ihm stehen und sah ihn an. Sie vergewisserte sich, daß alle zuhörten, und sagte mit beißender Stimme: ›Du hast Ei im Gesicht, Anthony.‹

Aus dem Augenwinkel sah ich, daß Clinton die Hand hob und mit den Fingern schnipste, um ihre Aufmerksamkeit zu erlangen. Wir alle wandten den Blick ihm zu, denn nun war es eine Sache zwischen diesen beiden, obwohl sie es noch nicht wußte: die Königin der Schule gegen den Prinzen von Fingern und Zehen.

Sie sah ihn an. Clinton streckte den Arm aus und fuhr mit dem Finger durch den Eiersalat, der immer noch an Anthonys Gesicht klebte. Als er einen dikken Batzen davon abgewischt hatte, schob er ihn in den Mund und sagte zu Eddie: ›Schmeckt wie du.‹«

Michael und ich verbrachten immer mehr Zeit zusammen. Obwohl er oft zuviel redete, war mir seine Gesellschaft sehr angenehm. Seine großartigsten Eigenschaften waren eine unbewußte Liebenswürdigkeit und sein Optimismus, die in mir gleichzeitig ein Gefühl der Hochachtung und der Beschämung erweckten. Bevor ich ihn kennengelernt hatte, hatte ich mir eingebildet, eine im großen und ganzen anständige, gerechte Person zu sein, bereit zu helfen, wo Hilfe benötigt wurde, und nicht zu voreilig bei der Beurteilung von anderen Menschen. Doch Michael sah alles in einem so sonnigen Licht, daß er kaum jemals etwas ›beurteilte‹: er liebte die Speisen, die das Leben ihm vorsetzte, also aß er sie ohne Klagen und mit dem großen Appetit eines hungrigen Kindes. Er war einer der wenigen Erwachsenen, die ich kannte, der wahrhaft glücklich mit seinem Leben war und dem die üblichen Höhen und Tiefen, die wir alle von Montag bis Sonntag durchmachten, nichts anhaben konnten. Seine Gegenwart war hilfreich, manchmal sogar beflügelnd. Als ich ihm das sagte, stimmte er mir voller Überzeugung zu.

»Das liegt an meiner Kindheit. Ich bin sicher, daß es damit zu tun hat. Verstehst du, ich war der sprichwörtliche dicke Junge, der von der ganzen Welt geliebt werden will. Die Sache war die, nachdem Clinton Deix in mein Leben getreten war, liebte mich tatsächlich die ganze Welt. Jedenfalls meine Welt. Zwei Dinge wirkten dabei zusammen — da Clinton mich mochte, mußten mich die anderen auch mögen, sonst hätte er sie verprügelt. Doch zusätzlich umgab mich noch eine wachsende Mystik. An Billa *muß* etwas Besonderes dran sein, wenn *Clinton* ihn so sehr mag, d. h. Billa hat eine unsichtbare Stärke, die wir bis jetzt noch nicht erkannt haben, aber das wird noch kommen.

Es war der größte Fall von ›Des Kaisers neue Kleider‹, den ich je erlebt habe, Ingram. Denn ich hatte nicht die Spur von irgendeiner Stärke. Ich war ein pickeliger Dickwanst, der davon träumte, zu der maßgebenden Clique zu gehören. Kannst du dich an den Song von Dobie Gray erinnern? Meiner Meinung nach war das das Tollste, was ich je gehört hatte. Doch mit welchen Klimmzügen und Verrenkungen gelangt man in die maßgebende Clique? Wenn Clinton nicht gewesen wäre, wäre meine ganze Kindheit ein Jammertal gewesen. Doch wie die Dinge standen, machte er die Jahre von ungefähr zwölf an für mich zu einer himmlischen Zeit.«

»Hört sich so an, als wäre er dein Schutzengel gewesen.«

»Ohne Zweifel.«

»Wie ist es mit ihm weitergegangen? Siehst du ihn manchmal?«

»Hin und wieder.«

Wir aßen in einem mexikanischen Restaurant, gingen an den Strand, diskutierten gemütlich über Filme. Ungefähr zwei Monate nach unserer ersten Begegnung hatte ich ab und zu Augenblicke der Erleuchtung, in denen mir klar wurde, daß ich Michael niemals lieben würde, daß ich aber bereits eine ganze Menge Dinge an ihm liebte.

Sex war kein Bestandteil unserer Beziehung. Im Innern war ich immer noch Glenns Geliebter, und ich hatte nicht den Wunsch, aus dieser Seifenblase auszubrechen und mir etwas Neues zu suchen. Michael unternahm keinen Vorstoß in dieser Richtung, und ich nahm an, er wollte entweder die Sache sehr langsam angehen oder unsere Freundschaft ebenfalls nicht in diese Bahnen lenken.

»Wann wurde dir zum erstenmal klar, daß du schwul bist?«

Wir aßen im Restaurant Gingham Garden in Larchmont. Die Sonne schien auf die Markise über der Terrasse, und rings um uns herum unterhielten sich auch die anderen Leute laut über ihre Liebschaften, schlechte Filmgeschäfte oder Krankheiten. Das sind die Lieblingsgesprächsthemen in allen Filmmetropolen der Welt, allerdings nicht unbedingt in dieser Reihenfolge.

Ich stellte meine Frage leise, doch Michael antwortete in der Lautstärke einer Trompetenfanfare. »Ungefähr ein Jahr, nachdem ich Clinton kennengelernt hatte. Er hatte ein paar Exemplare des *Playboy,* vom Kiosk gestohlen, und wir betrachteten sie in meinem Zimmer. Er fragte mich, ob mir die Bilder gefielen. Ich hob die Schultern und sagte, sie seien nicht schlecht. Er fragte, ob ich Lust hätte, eins dieser Mädchen zu vögeln, und ich sagte, na klar, du nicht?

›Nö. Wer möchte sich schon in all dem Zeug verlieren.‹

Ich wußte nicht, was er mit ›all dem Zeug‹ meinte, aber es hörte sich eindrucksvoll an, und deshalb hielt ich den Mund. Clinton zog eine weitere Zeitschrift unter seinem Hemd hervor und legte sie vor mich hin, als ob es ein Beweisstück für etwas wäre. Weißt noch, wie früher in den Magazinen keine Nackten von vorn gezeigt wurden? So etwas bekam man nur in den Nudisten-Zeitschriften wie *Sonne und Wonne* oder *Sonnenanbeter* zu sehen. Sie kosteten drei Scheine, was damals ein Vermögen war, und waren angeblich für ›seriöse Anhänger der Nacktkörperkultur‹ gemacht.«

Michael sprach den Begriff so laut aus, daß einige Frauen um uns herum aufhörten, an ihrem Eistee zu nippen, und uns mit schweigenden, starren Blicken bedachten. Er nahm keine Notiz davon.

»Jedenfalls legte Clinton eine davon vor mich hin und schlug eine Seite auf, auf der nackte Männer Volleyball spielten. Sie sahen unwahrscheinlich gut aus — nichts als stramme Muskeln und Gesundheit. Und sie sahen wirklich besser aus als die Mädchen, die irgendwie verloren wirkten und allenfalls freundlich aussahen, mit ihren riesigen Brüsten und dem aufgesetzten Lächeln. Es war das erstemal, daß ich Frauen in aufreizenden Posen gesehen hatte, doch die Männer waren erregender und sprachen mich mehr an. Die Frauen waren geheimnisvoll und eindrucksvoll; bei den Männern hätte man am liebsten die Hand durch die Zeitschrift hindurchgestreckt und sie berührt.«

»Ist zwischen euch beiden an diesem Tag etwas passiert?«

»Nein, da noch nicht.«

»Später?«

Er beantwortete die Frage nicht, denn jemand, den er kannte, kam an unseren Tisch und begrüßte uns.

Eines Abend hatte ich in der Sendung *Ausgerastet* lauter Leute zu Gast, die von sich behaupteten, die Inkarnation von Berühmtheiten zu sein. Hitler war dabei, Mozart, Jean-Jacques Rousseau. Die letzten fünfzehn Minuten der Sendung waren immer Anrufen von Zuhörern vorbehalten. Hitler hatte die meisten Anrufe erhalten (und war am meisten beschimpft worden), doch jemand fragte Mozart, ob ihm der Film Amadeus gefallen und ob Salieri ihn wirklich ermordet habe. Der arme Rousseau (ein Postbote aus Tempe, Arizona) wurde bis zum letzten Anruf des Abends übergangen.

Ich erkannte die Stimme nicht. »Mr. Rousseau, könnten Sie mir bitte genau erklären, was Sie damit meinen, wenn Sie im Buch Sechs Ihrer *Bekenntnisse* sagen: ›Gläubige schaffen Gott im allgemeinen nach ihrem Ebenbild. Die Guten machen ihn gut, die Bösen böse; Fanatiker, die voller Haß und galliger Bitterkeit sind, sehen nur die Hölle, weil sie die ganze Welt verdammen wollen, während sanfte, liebende Seelen kaum an einen solchen Ort glauben.‹«

Rousseau überlegte einen Moment lang, dann rutschte er näher zum Mikrofon. »Gott liegt im Auge des Betrachters. Ein guter Mensch sieht Gott als positive Kraft, der schlechte Mensch sieht Ihn als Bedrohung. Nichts könnte einfacher sein.«

Mein Techniker deutete auf die Uhr. Wir hatten nur noch zehn Minuten Zeit, und ich hatte noch nicht angekündigt, wer beim nächstenmal bei der Sendung mitmachen würde.

Bevor ich Gelegenheit hatte, etwas zu sagen, sprach die Stimme am Telefon wieder. »Mr. Rousseau, glauben Sie nicht, wenn die Menschheit wirklich nach dem Rechten streben würde, dann hätte sie es längst erreicht?«

»Tut mir leid, aber Mr. Rousseau kann diese Frage leider nicht mehr beantworten, weil unsere Zeit knapp geworden ist. In der nächsten Ausgabe von *Ausgerastet* werden wir uns mit der Rockgruppe ›Klapperschlangenorgasmus‹ unterhalten, deren Instrumente Mikrowellenherde sind. Sie sind herzlich eingeladen dabeizusein. Das war's für heute!«

Am nächsten Morgen fuhr ich zu der Herrenboutique ›Das Kabinett des Doktor Caligari‹, um mir ein Hemd zu kaufen und Michael zu treffen.

Ich war kaum durch die Tür eingetreten, da kam er schnaubend auf mich zugewalzt. »Du hast mir das Wort abgeschnitten! Du Stinktier! Wie konntest du so etwas tun?«

»Dir das Wort abgeschnitten? Wann denn?«

»Gestern abend in der Sendung! Ich war der Anrufer für Rousseau. Ich wollte dich wissen lassen, daß ich zuhöre.«

»*Du* warst das? Mit dem Zitat über Gott? Warum hast du nicht früher angerufen? Das war die einzige interessante Frage während der ganzen Sendung. Ich wußte gar nicht, daß du so ein Rousseau-Fan bist.«

Er gab einen zufriedenen Grunzlaut von sich. »Ich wollte den Kerl mit diesem Zitat von Hazlitt hereinlegen. Mit dem: wenn die Menschen nach dem Rechten trachteten. Ich hatte es mir so schön zurechtgelegt.«

»Ihn hereinlegen? Er ist doch nur ein Postbote aus Arizona.«

»Er war ein verdammter Schwindler, Ingram. Die anderen Irren in der Sendung glaubten wirklich, was sie sagten. Er hatte offenkundig lediglich die *Bekenntnisse* gelesen und beschlossen, an der Sendung teilzunehmen …

Paß auf, daß ich nicht in Wut gerate. Ich hasse Schwindler. Auch wenn sie in deiner Sendung vorkommen.«

»Ich habe viele solche Menschen in meiner Sendung, Michael. Sie heißt schließlich *Ausgerastet*.«

Sein gerade noch auflodernder Zorn hatte mir Unbehagen bereitet, doch jetzt war er bereits wieder verflogen. Sein Gesicht nahm wieder den gütigen Ausdruck an, die V-Form seiner Augenbrauen wurde wieder zu sanft geschwungenen Bogen. Während sich der Verlauf unserer bisherigen Bekanntschaft eine Sekunde lang in meinen Gedanken abspulte, wurde mir klar, daß ich ihn noch nie wegen irgend etwas ernsthaft wütend erlebt hatte. Was sollte das jetzt?

»Michael, ist alles in Ordnung mit dir? Fehlt dir was?«

Anstatt etwas zu sagen, packte er mich am Ärmel und zog mich zu seinem Büro hinter dem Laden. »Ich möchte dir etwas zeigen.«

Sein Büro ist klein und nüchtern eingerichtet. Die wenigen Möbelstücke sind aus glattem grauem Metall und ungemütlich. Das einzige Bild an der Wand ist die Vergrößerung eines Standfotos aus dem Film *Das Kabinett des Doktor Caligari,* das gleiche Foto, das der Laden auf seinen Geschäftspapieren benutzt.

»Sieh dir das an!«

Er stand hinter seinem Schreibtisch und reichte mir ein zusammengefaltetes Blatt Papier. Ich nahm es und betrachtete es. Es waren ein paar Worte mit dickem rotem Tintenstrich darauf geschrieben. Eine sehr verschnörkelte, kindliche Schrift. Die Punkte auf den i waren eher Kringel als Punkte — und ähnliche Dinge.

Lieber Mike,

es ist lange her, nicht wahr? Es wird dich freuen zu hören, daß dich dein alter Freund Clinton bald besuchen kommt. Also richte schon mal alles für das feierliche Wiedersehen her. Ich bin so gut wie unterwegs, Baby.

Ich versuchte, den Brief zurückzugeben, doch Michael wollte ihn nicht entgegennehmen. Ich legte ihn auf die Ecke des Schreibtischs. Er sah ihn unglücklich an.

»Clinton kommt also? Was ist daran so schlimm?«

»Er ist schon da.« Michael drehte sich um, zog den Vorhang hinter seinem Schreibtisch zur Seite und bedeutete mir mit einer Handbewegung, neben ihn zu kommen. Als ich dort war, zeigte er auf die andere Straßenseite hinüber. Er konnte den Arm und die Hand nicht stillhalten. Sie zitterten nicht, doch seine ganze Gestalt verströmte so etwas wie eine nervöse, unangenehm heftige Energie. Als ob er vor kurzem aus Versehen einen sehr starken elektrischen Schlag erhalten hätte und sich erst langsam von der Erschütterung erholte.

Auf der Straße wimmelte es von Autos und Fußgängern, und sie war erfüllt von Schwaden dicker Luft und vorbeirauschendem Lärm. Viele Menschen in Bewegung.

»Was willst du mir zeigen?«

Er stieß mit einem Finger in die Luft. »Die Ampel dort drüben. Siehst du den Jungen, der sich an den Pfosten lehnt? Der mit dem Fußballtrikot? Nummer 23?«

»Mit dem roten Hemd?«

»Ja. Das ist Clinton.«

Ich grinste. »Der Knabe ist vielleicht fünfzehn Jahre alt, Michael.«

»Ich weiß.« Er zog den Vorhang wieder vors Fenster.

Im letzten Moment blickte ›Clinton‹ in unsere Richtung, als ob er wüßte, was vor sich ginge, wüßte, daß wir über ihn sprachen.

Hände können einem die Wahrheit verraten. Die Art, wie sie sich heben oder senken, ihrer Traurigkeit oder Anmut oft nicht bewußt, können eine endgültige Niederlage bekunden oder Liebe, die sich hinter einem unbewegten Gesicht oder einem zynischen Lächeln verbirgt.

Michael und ich saßen uns an seinem Schreibtisch gegenüber. Er hatte anfangs versucht, komisch zu sein, doch seine Hände flatterten nur bis auf halbe Höhe hoch — wie Vögel, die keine Kraft zum Aufsteigen hatten.

»Weißt du, wie viele Menschen ich kenne, Ingram? Allein die Z-Abteilung meines Adreßbuches ist drei Seiten lang, ungelogen.

Aber weißt du, was ich erst vor kurzem erkannt habe? Daß ich immer die falschen Bewunderer hatte. So viele Freunde von der falschen Sorte. Anwesende ausgenommen — meine größte Begabung ist es, Leute anzuziehen, die auf den ersten Blick einen ganz großartigen Eindruck machen, die sich am Schluß jedoch nur als Unheilstifter entpuppen.

Clinton ist das typische Beispiel dafür.«

Unbewußt hob ich die Hand wie ein Schüler im Unterricht, der dringend eine Frage stellen will. »Moment mal! Michael, alles, was du mir über Clinton erzählt hast, stellte ihn wie einen Freund mit einer Kombination von traumhaften Eigenschaften dar: Kumpel, Beschützer ... Du hast zehnmal betont, daß er deine Kindheit gerettet hat.«

»Das stimmt. Er hat meine Kindheit gerettet. Doch davon spreche ich jetzt nicht. Hör zu, erzähl mir nicht, du kennst einen Menschen, bevor er dir sein geheimes Gebet enthüllt hat, das er jeden Abend zu seinem Gott oder seinem Teufel murmelt ...«

Ich schüttelte verständnislos den Kopf: Wovon sprach er nur?

»Ja, Clinton hat mich beschützt. Jahrelang. Doch eines Tages kam sein verdammter Pferdefuß zum Vorschein. Der dritte Wunsch, der alles Gute zunichte macht; alles, was dir lieb und teuer ist.«

Jemandem etwas zu erklären, ist wie das Fegen des Fußbodens: zunächst geht man mit ein paar großzügigen Schwüngen darüber, um die dicken Brocken zusammenzuholen. Wenn man gründlich ist, läßt mich sich auf die Knie hinab und sammelt all die kleinen verstreuten Dinge ein, die in den Ecken und unter den verschiedenen Möbelstücke verborgen sind. Dann kehrt man alles auf einen Haufen — und schon hat man ein sauberes Zimmer.

Doch anstatt gründlich reinezumachen, das heißt, alle Einzelheiten über seinen Clinton Deix zu einem ordentlichen (verständlichen) Haufen zusammenzubringen, sprach Michael wirr, und was er sagte, ergab manchmal überhaupt keinen Sinn. Er wirbelte bei seinem Fegen nur allen Staub und Dreck schlimmer auf als zuvor, in jenem Raum, der seine Vergangenheit war.

Das einzige, was ich am Ende dieses ersten Tages, an dem wir den Jungen auf der anderen Straßenseite gesehen hatten, verstand, war folgendes: Clinton

Deix war zurückgekommen, und er war immer noch fünfzehn Jahre alt. Als Michael ihn kannte, war Deix fünfzehn.

Das war mehr als zwanzig Jahre her.

»Ich habe dir nicht erzählt, was mit Anthony Fanelli passiert ist ...«

»Michael, bitte ...«

»Nein, ich will dir nicht einfach noch eine Geschichte erzählen. Das alles hat mit den jetzigen Geschehnissen zu tun. Doch du mußt den Hintergrund kennen, bevor du irgend etwas dazu sagen kannst. Es ist sehr verzwickt.«

»Was du nicht sagst!«

Vor einigen Jahren hatte ich einen Gast bei *Ausgerastet,* der einer von General Galtieris Halsabschneidern in der argentinischen Regierung gewesen war. Er war für das Foltern der Menschen zuständig. Obwohl er ein widerwärtiger, abscheuerregender Mann war, vor allem deshalb, weil er so stolz auf seine Taten war und so zufrieden darüber, daß er ungeschoren davongekommen war, sagte er im Lauf der Sendung etwas, das mich sehr beschäftigte. Die meisten Menschen haben nur einen kleinen Fundus an Wissen und Klugheit, und so war es auch bei ihm. Er war im großen und ganzen durchschaubar, doch wie oft hören wir aus des Teufels Mund etwas über den Teufel selbst? Oder riechen den Atem des Unholds, hören ihn über sein Gewerbe sprechen?

Was er sagte, war folgendes: Der Trick sowohl beim Zaubern als auch beim Foltern ist es, beides dem Opfer angemessen zu gestalten. Sie wollen jemanden ›drankriegen‹? Seien Sie nicht grob, gehen

Sie nicht zu schnell vor — finden Sie etwas über die Betreffenden heraus, schnüffeln Sie in ihren Gewohnheiten und Leidenschaften herum. Früher oder später stößt man auf etwas, das man sich zunutze machen kann: sie mag Blumen, aber sie *liebt* Orchideen. Es ist schlimm, ihm die Fingernägel herauszureißen, aber nur davon zu sprechen, daß seinen Kindern ein Leid geschehen könnte, ist schlimmer; man hat gewonnen, er wird einem unter den Füßen hindurchkriechen. Zauberei und Folter — man benutze dieselben Mittel, dann erreicht man alles, was man will. Eine andere Äußerung des Mannes, die mir Gänsehaut bereitete, war die, daß er dieselben Methoden angewandt hatte, um seine Frau für sich zu gewinnen und um Informationen aus Hunderten von todgeweihten Gefangenen herauszuquetschen.

Als ich ihn fragte, ob er jemals Reue wegen seiner Taten empfunden hätte, sagte er: »Wenn man Gott keine Beachtung schenkt, verschwindet er.«

Zwei Tage, nachdem ich Clinton zum erstenmal gesehen hatte, waren die Reifen meines Motorrades aufgeschlitzt. Das ist nicht zum Lachen, doch das gehört zum Leben in einer Großstadt und läßt sich nicht ändern. Zum Glück befindet sich meine Reparaturwerkstatt nur ein paar Blocks entfernt. Ich rief den Mechaniker an, und nach anderthalb Stunden war das Motorrad wieder fahrtüchtig. Ich war bewußt in eine Apartment-Anlage mit einer Tiefgarage gezogen, die ich bis jetzt allerdings nur ein paarmal benutzt hatte. An diesem Abend stellte ich die Maschine jedoch dort ein und dachte nicht mehr daran.

Drei Tage später wurde in mein Apartment eingebrochen. Es wurde nichts gestohlen, doch der Täter, wer immer es sein mochte, hatte überall an meine Wände mit Scheiße *Ausgerastet* geschmiert.

Der Geruch — wir wollen nicht darum herumreden, menschlicher Kot hat einen eigenen, sehr spezifischen Duft — zusätzlich zu der unheilvoll mein Privatleben belastenden Tatsache, daß der Täter wußte, wo ich wohnte, ließ mir die Sache sehr nahegehen und machte mir ungeheuer angst. Ja, wir alle haben *1984* gelesen und erinnern uns an den Rattenkäfig, der an Winston Smiths Kopf in Zimmer 101 befestigt ist, aber das ist in einem Buch. Man kann ein Buch aus der Hand legen und in die Küche gehen, um sich eine Tüte Käsegebäck zu holen. Es ist etwas anderes, wenn man nach Hause kommt und sieht, daß Worte, die einen Teil des persönlichen Lebens ausmachen, mit Scheiße an die Wände geschmiert sind.

Die Polizei fand nichts Sonderbares an dem Vorfall, schon gar nicht mein Freund Detective Dominick Scanlon, den ich jedesmal anrufe, wenn mir das Los Angeles Police Department einen Gefallen tun soll.

»Himmel Donnerwetter, Ingram, was erwarten Sie bei der Sendung, die Sie machen? Sie haben dabei mehr verdammte Ausgeflippte zu Gast, als bei uns im Gefängnis sitzen! Und da *überrascht* es Sie, wenn einer von denen sich mit Fingermalerei an Ihren Wänden verewigt? Können Sie sich an den Talkshow-Typen erinnern, den sie droben in Seattle ermordet haben? Ich predige Ihnen schon seit Jahren, Sie sollen aufpassen, was Sie tun. Aber nein, Sie müssen unbedingt einen Charles Manson Fan Club einladen! Ihre Sendung ist wie eine lebensechte Titelzeile des *National Enquirer* — **MARYLIN MONROE LEBT UND WOHNT IN EINEM UFO UND IST HERUNTERGEKOMMEN, UM SICH VON MEINEM HAMSTER FICKEN ZU LASSEN!** Herrje, Ingram, wundert Sie das wirklich? Das einzige, was mich erstaunt, ist, daß es so lange gedauert hat, bis Ihnen etwas derart Abartiges passiert ist.«

»Hören Sie auf, Dominick, machen Sie's nicht noch schlimmer für mich! Was soll ich jetzt machen?«

»Ziehen Sie um. Lassen Sie sich eine andere geheime Telefonnummer geben. Aber ehrlich, so lang Sie diese Sendung machen, mein Freund, sind Sie nun mal radioaktiv gefährdet. Sehen Sie mal, Sie lernen diese Freaks nur ihm Rahmen Ihrer Sendung kennen, wo sie sich meistens von ihrer besten Seite zeigen. Aber ich sehe sie, wenn ihre Reaktoren schmelzen und wir es mit dem China-Syndrom zu tun bekommen. Wenn diese Kerle sich zum Beispiel das Gehirn rauspusten, oder irgend jemandem sonst, der gerade in der Nähe ist. Ich mag Sie sehr, Mann, aber Sie können nicht erwarten, daß Sie unverseucht davonkommen, wenn Sie mit soviel Strahlung umgehen.«

»Bullen sollten eigentlich beruhigend wirken, Dominick. Aber Ihnen zuzuhören ist genauso, wie wenn man sich mit einem nassen Handtuch abtrocknet.«

»He, *Sie* sagen doch jeden Abend am Anfang Ihrer Sendung: ›Die Aliens sind gelandet!‹ Diesmal haben sie sich Ihr Haus ausgesucht.«

Draußen füllte dichter Nieselregen wie Rauch die Luft. Michael und ich beobachteten ihn durch sein Küchenfenster, während wir Tee tranken und seine herrlichen selbstgebackenen braunen Plätzchen aßen. Er hielt eins hoch und schwenkte es in meine Richtung.

»Was glaubst du, wie heißt der Gott der Hübschen Kleinen Dinge? Der Gott der braunen Plätzchen und des Earl Grey-Tees? Würdest du ihn nicht gern kennenlernen? Der Gott der guten Filme, der pünktlichen Flugzeuge, der jungen Hündchen, der Frauen, die an einem vorbeigehen und nach schwerem Parfüm duften ... Ich würde ihn ziemlich gern kennen.

Es war Clinton, der das in deiner Wohnung angerichtet hat, Ingram. Das mit deinen Reifen auch, vermute ich. Ich habe dir noch nicht erzählt, was mit Anthony Fanelli passiert ist ...«

»Michael, bitte ...«

Anthony Fanelli haßte Michael vom ersten Augenblick an, als sie sich kennenlernten. Woran liegt es, daß die Begnadeten von den Beschränkten nicht in Ruhe gelassen werden? Warum erfahren die Versager so oft eine Erhebung durch diejenigen, die die Welt im Griff haben? Michael Billa war ein dicker kleiner Junge, der seit seinem zehnten Lebensjahr nach seiner eigenen Beschreibung eine Gesichtshaut wie eine Reliefkarte hatte. Er hörte einmal, wie ein Onkel zu seiner Mutter sagte, daß der Junge ein Genie sein müßte, um mit diesem Aussehen zu überleben.

»Ich hatte eine schlechte Haut und einen schmalen Mund. Ich war eine Ansammlung von verhängnisvollen Hormonen. Weißt du, was ich deshalb tat? Ich versuchte, ein *richtiger* Spaßvogel zu sein; ich wollte unheimlich komisch wirken. Das ist keine schlechte Idee. Auf der Welt ist immer Platz für einen wirklich guten Clown. Und in meinem Fall funktionierte es meistens. Wenn ich der erste war, der sich über meine Fettheit oder meine Haut lustig machte, und wenn ich dabei witziger war als alle anderen, dann hatte ich die Lacher auf meiner Seite.

Anthony war etwas ganz anderes. Er hatte hübsches lackschwarzes Haar. Es lag immer so makellos wie bei einer Geisha. Und weißt du, was mir noch von ihm im Gedächtnis haften geblieben ist? Er hatte wundervolle Dinge in den Taschen. Er war der erste Mensch, den ich kannte, der ein Schweizer Offiziersmesser besaß. Und ein goldenes Feuerzeug. Ich bin sicher, es war kein echtes Gold, aber wir waren sehr davon beeindruckt. Ich glaube, ich war mehr als alle anderen scharf darauf, von ihm gemocht zu werden, aber er hielt mich für den größten Unsympathen weit und breit. Meine Chance, daß er mich je mögen würde, war so groß wie die eines Hundes, der einem Schmetterling nachjagt. Das ist der richtige Vergleich — ich war der sabbernde, traurige Hund, während Anthony ein großer schöner Chrysippusfalter war. Der einzige Unterschied war, daß es sich bei ihm um einen Schmetterling mit einem Messer handelte.

Fanelli war gutaussehend, stark, charismatisch. Alle Mädchen wie Eddie Devon waren heimlich verknallt in ihn, und er wußte es. Viele von uns kannten als Jugendliche einen Anthony Fanelli, und rückblickend knüpfen sich daran oft verschwommen erheiternde, verschwommen nostalgische Erinnerungen, die auf den Regalen unseres Gedächtnisses abgestellt sind. Doch damals war es die überwältigende Realität, die eine Art menschlicher Magie in sich barg und uns auf eine Weise verzauberte, nach der wir lechzten.

Ich konnte in seinen Augen nichts richtig machen. Manchmal hatte ich das Gefühl, daß allein die Tatsache, daß ich lebte und in seiner Umgebung existierte, ihn wütend machte. Einmal buk mir meine Mutter einen Kuchen zum Geburtstag. Einfältig wie ich war, schleppte ich ihn in die Schule, um ihn mit meinen ›Freunden‹ zu teilen. Zu jener Zeit lief gerade die Show *Mission Impossible* im Fernsehen, und wir alle waren inbrünstige Fans davon. Als ich also mit dem Kuchen in die Kantine kam, sagte ich: ›Jeder muß das ganz schnell essen, sonst taut es selbsttätig innerhalb von fünfzehn Sekunden auf!‹ Anthony hatte einen Blick in den Augen, als ob er gern etwas davon gehabt hätte, doch er hätte sich niemals überwinden können, etwas von mir anzunehmen. Er stand vom Tisch auf und sagte: ›Taut selbsttätig auf!‹, als ob das die unanständigste, blödeste Bemerkung wäre, die jemals jemand gemacht hatte. Und weißt du was? Keiner von den gemeinen Typen wollte etwas, nachdem er gegangen war! Sie standen alle vom Tisch auf und gingen weg. Nur Beth Ann Gunsberg blieb, und das lag daran, daß sie ebenso dick war wie ich. Da saß ich also mit dieser schönen großen Schokoladentorte vor mir und viel zu vielen Gabeln.

Dann kam Clinton. Er tauchte einfach eines Tages im Englischunterricht in der hinteren Reihe auf. Als unsere Lehrerin, Mrs. Sellars, eine Frage an ihn richtete, zuckte er nur die Achseln und lümmelte sich auf seinen Platz. Anthony saß zwei Plätze weiter und — typisch Fanelli — lachte zu ihm hinüber. Da war es geschehen. Clinton, der ungefähr gleich groß war, sah ihn nur an, aber man konnte sehen, wie sich die Heringe in den Boden gruben und das Zelt aufrichtete. Genau in diesem Moment.«

»Was willst du damit sagen?«

»Ihre Beziehung. Anthony suchte den Platz aus, indem er ihn anlachte. Clinton holte den Hammer heraus und schlug die Heringe ein. Hier soll unser Zelt stehen? Okay, ich baue es auf.

Mrs. Sellars stellte Anthony dieselbe Frage. Er beantwortete sie mit einem Lächeln und einem langen Blick zu Clinton. Deix saß in der Ecke und erwiderte den Blick.

Als der Unterricht vorbei war, ging er zu Anthony und sagte: ›Du hast leider die falsche Fotze gefickt, Schwarzköpfchen.‹

Anthony war von seiner Clique umgeben und entgegnete: ›Fotze? Du bezeichnest dich als Fotze? Sehr interessant.‹ Doch er tat nichts. Selbst in diesem Moment spürte er, wie gefährlich dieser neue Bursche war.

Clinton ging ganz nah an ihn heran, so daß sich fast ihre Nasen berührten, und sagte: ›Ich werde dich ausschlürfen, Schwarzköpfchen. Ich werde dir das Blut rausquetschen und es wie einen Cocktail trinken. Denk mal drüber nach, Hübscher.‹

Dann kam die Sache mit dem Eiersalat, und wir wußten, daß Anthony einen verhängnisvollen Fehler begangen hatte, indem er sich mit *diesem* Knaben angelegt hatte.

Fast noch schlimmer für ihn war, daß er zusehen mußte, wie gut Clinton und ich miteinander auskamen! Die beiden Jungen, die Fanelli am allermeisten haßte, waren mit einemmal Freunde, was bedeutete, daß er mich nicht mehr in den Arsch treten konnte, weil Clinton dahinterkommen würde.

Bemerkenswert ist, daß ich mich noch genau an Anthonys Gesichtsausdruck erinnere, als er mich mit Clinton gesehen hatte. Weißt du, wie der war? Es war der Gesichtsausdruck von Frauen, die mit schlechten Männern und Trunkenbolden verheiratet sind, Kerlen, die sie manchmal verprügeln. Hilflos, verbittert und traurig.

Es war eine schlechte Nachricht, doch wer am meisten in der Schule zu leiden hatte, war Grace Elixhausen. Das Mädchen sah aus, als ob der liebe Gott sie mit einer Fliegenklatsche bearbeitet hätte. Alles an Grace war eine Katastrophe, doch andererseits war sie eine verdammt nette Person, wenn man sich erst einmal überwunden hatte, die Linie der Abscheu und Peinlichkeit zu übertreten und mit ihr zu sprechen.

Jedenfalls überredete Anthony eins der Mädchen dazu, eine Kamera in den Mädchen-Umkleideraum einzuschmuggeln. Nach der Geschichte, die ich später hörte, verknipste auf Fanellis Verlangen hin seine ›Freundin‹ einen ganzen Film mit Bildern von Grace. Das arme Ding. Als ob ihr Leben nicht schon unerfreulich genug gewesen wäre, mußte ihr auch noch das passieren. Die Fotos waren einfach grauenvoll — Grace splitterfasernackt unter der Dusche, das struppige schwarze Haar lag ihr flach am Kopf an, und ihr Gesicht trug einen traurigen, verlorenen Ausdruck.

Herrje, diese Bilder zeigten alles. Grace von vorn, von hinten, sich nach vorn beugend ... Nichts blieb der Phantasie überlassen.

Eines Montags kam ich in die Schule und öffnete meinen Schrank, um meine Bücher herauszuholen. Jede freie Stelle davon war mit diesen Bildern beklebt. Ich war so verdattert, sowohl durch den Gesamtanblick als natürlich auch durch die Bilder im einzelnen, daß ich nur dastand und mit offenem Mund starrte. Schließlich hörte ich jemanden sagen: ›... dieser Spanner!‹ Als ich mich umdrehte, sah ich Anthony, hinter Grace stehend. In ihrem Gesicht war ein unbeschreiblicher Ausdruck. Sie wußte, daß ich das nicht getan hatte. Ich bin sicher, sie wußte, daß Anthony etwas damit zu tun hatte. Aber wahrscheinlich hatte sie ebenfalls eine heimliche Schwäche für ihn, was das Ganze nur noch schlimmer machte. Sie benahm sich bewundernswert, Ingram. Ich habe selten jemanden erlebt, der in einem solchen Moment so beherrscht war. Sie sagte: ›Nimm sie ab, Michael. Bitte vernichte sie.‹ Und dann drehte sie sich einfach um und ging weg. Sie fragte mich nie mehr danach. Welche Würde!

Ich erzählte Clinton die Geschichte nicht, doch jemand anderes tat es offenbar, denn er rief mich am selben Abend an und fragte, ob sie stimmte. Ich versuchte, ausweichend zu antworten, doch seine Stimme bekam einen kalten und bösen Klang. Er warnte mich, daß er nicht noch einmal fragen würde. Also erzählte ich ihm genau, was sich zugetragen hatte, aus Angst, jemand hätte es auf die eine oder andere Weise entstellt wiedergegeben. Zumindest wollte ich, daß er es wahrheitsgemäß erfuhr.«

»Was sagte er daraufhin?«

Michael nahm sich noch ein braunes Plätzchen und blickte zum Fenster hinaus. Der Nieselregen fiel immer noch als blaugrauer Dunst. Clinton, Anthon, Grace, Michael ... Was hatten diese Teenager mit der Scheiße an meinen Wänden und dem Angstgrollen in meinem Bauch zu tun?

»Clinton sagte: ›Das ist nicht nett. Grace hat das nicht verdient.‹«

»Mehr nicht?«

Michael nippte an seinem Tee, schluckte, schüttelte den Kopf. »Nein, mehr nicht.

Außer daß ich schwabbelig fett war und unreine Haut hatte, war ich auch noch schlecht in der Schule. Doch das einzige Fach, in dem ich gut war, war Englisch. Ich freute mich jeden Tag auf diesen Unterricht. Der Lehrer war freundlich, und ich las sehr gern. Als die Halbjahresprüfung anstand, war Englisch so ziemlich das einzige, das ich nicht zu büffeln brauchte.

Am Tag der Prüfung saßen wir alle vor dem Prüfungsraum und warteten, bis wir hineingehen konnten. In meiner Schule wurden Prüfungen in der Kantine durchgeführt. Ich erinnere mich sehr gut an diesen Ort — die endlos langen Tische, das Klappern in der Küche, der Dampf von kochenden Speisen, Geschirrspülmaschinen, das leise Sprechen der Küchenhilfen. Mein Gott, ich habe sogar noch den Geruch der Ravioli in der Nase, die es häufig gab. Erinnerst du dich an den Geruch? Tomatensauce aus der Dose? Frisch abgewischte Tabletts aus Plastik oder Resopal ... Mittagessen in der Schule. Doch bei Prüfungen wurde aus dem Raum ein geschäftsmäßiger

Ort, den wir verängstigt und kein bißchen hungrig betraten.

Am Tag der Englischprüfung standen wir also alle um acht Uhr morgens vor der Kantine und warteten darauf, eingelassen zu werden. Ich unterhielt mich mit Perry Cochran über die Prüfung und war im übrigen mit meinen eigenen Angelegenheiten beschäftigt. Plötzlich berührte mich etwas von hinten an der linken Wange. Ich sah, wie der Ausdruck auf Perrys Gesicht erstarrte — halb Lächeln, halb Auwei! Ich hob die Hand, um danach zu greifen, und spürte etwas Hartes und Gebogenes. Ich versuchte, es wegzuschieben, doch es wich zurück und ratschte mir übers Gesicht. Aus dem Augenwinkel sah ich einen Kleiderbügel! Kannst du dir das vorstellen? Ich brauchte mich nicht einmal umzudrehen, um zu wissen, wer das getan hatte.

Ich sagte: ›Laß gut sein, Anthony!‹

›*Was* soll ich gut sein lassen, Fettarsch?‹

›Hör auf! Das ist nicht komisch.‹

›Ich finde es komisch, Schwabbelwanst!‹

Es war unheimlich, wie es Michael gelang, den beiden Stimmen jeweils den perfekten Tonfall zu geben — die nervöse Angst eines Jungen, der einem Kameradenschinder sagt, er soll verschwinden; andererseits das überlegene Feixen und die unterschwellige Drohung ›ich werde dir das Leben schon schwermachen, verlaß dich drauf‹ eines Anthony Fanelli. Ich erinnerte mich, welche Schauder mir selbst in jenem Alter in ähnlichen Situationen über die Haut gefahren waren.

»›Laß mich in Ruhe, ja, Anthony? Ich habe dich nie behelligt.‹

›*Ich habe dich nie behelligt!* Es behelligt mich, daß du lebst, Billa. Erst wenn du stirbst, wirst du aufhören mich zu behelligen.‹

Schnell wie eine Schlange schlug er mir mit dem Kleiderbügel übers Gesicht. Zisch! Er fühlte sich kalt und scharfkantig an. Ich weiß nicht, warum er das tat. Ich vermute, er konnte es einfach nicht mehr aushalten, wie ein Hai, der Blut riecht und durchdreht. Obwohl er wußte, daß Clinton es erfahren würde.«

»Du liebe Güte, Michael, ich hoffe, du hast den Hundesohn ordentlich vermöbelt!«

Er lächelte triumphierend und nickte. »So fest ich konnte, direkt vors Kinn. *Fast* hätte es ihn umgehauen. Ich glaube, wenn nur noch ein bißchen mehr Wucht hinter dem Schlag gesteckt hätte, wäre er k. o. gewesen. Wie die Dinge waren, taumelte er und ließ die Hände sinken. Der Kleiderbügel fiel zu Boden und schepperte wie irre. Ich erinnere mich sehr gut an *dieses* Geräusch!

Ich konnte gar nicht glauben, was ich getan hatte. Dann kreischte ein Mädchen: ›Laß dir das nicht von ihm gefallen, Anthony!‹ Und er stürzte sich auf mich wie eine Rakete. Bumm!«

»Hast du dich gewehrt?« Ich sah die Szene vor mir und hatte Mitleid mit dem dicken Kind, das nicht die geringste Chance hatte; das soeben die einzige tapfere Handlung in seinem jungen Leben begangen hatte und nun dafür zermalmt werden würde. Ich wünschte ihm, daß er kräftig zurückgeschlagen hätte, um den Anthony Fanellis auf allen Welten zu zeigen, daß sie nicht siegen würden, weil der Gegner Angst hatte oder weil es immer so gewesen war.

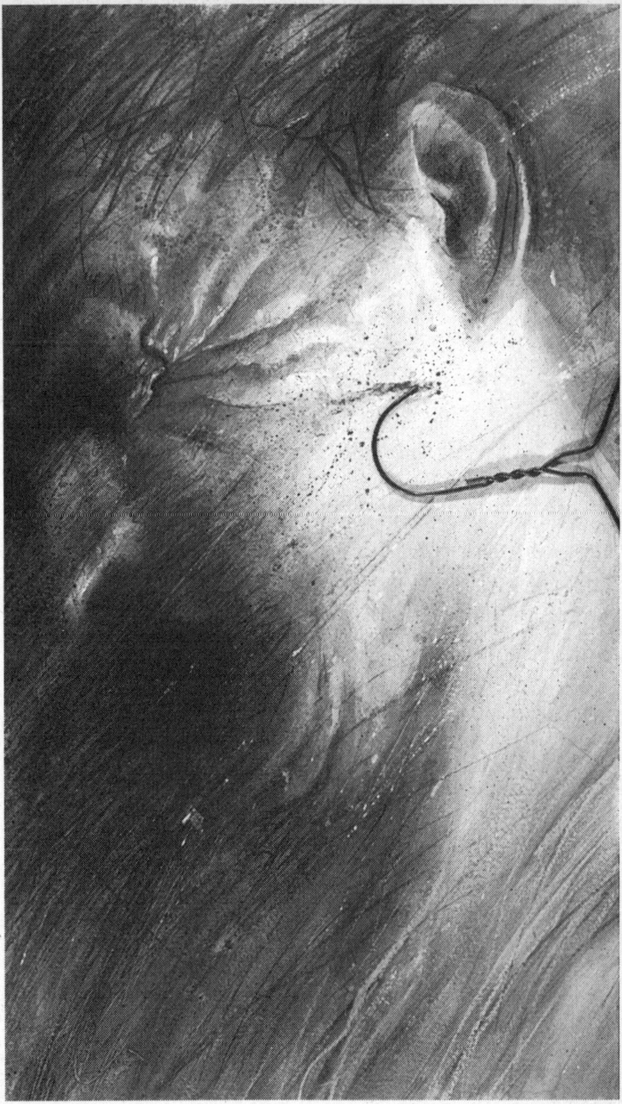

»Ja, ich habe mich gewehrt. Als er auf mich zukam, holte ich erneut aus und versetzte ihm einen Kinnhaken.«

»Hervorragend! *Gut!*« Ich konnte nicht still auf meinem Stuhl sitzen bleiben. Ich wollte Fanelli bezwungen und als Verlierer sehen. Er sollte die heilsame Erfahrung machen, daß die Welt nicht für alle Zeiten ihm gehören, sondern sich in diesem Moment für den Rest seines Lebens gegen ihn wenden würde.

Michael seufzte. »Aber diesmal fiel mein Schlag nicht so kräftig aus, weil ich soviel Angst hatte. Er versetzte mir zwei Hiebe in beide Gesichtsseiten, und ich ging zu Boden. Er rutschte aus und strauchelte ein wenig, als er versuchte, mich noch einmal zu schlagen.

Doch dann passierte etwas Erstaunliches, Ingram. Ich packte ihn und nahm ihn in den Schwitzkasten! Ich hatte schon immer unglaublich starke Arme, und plötzlich hatte ich einen vollkommen hilflosen Anthony Fanelli in der Zange. Aber wie weiter? Was sollte ich tun? Wenn ich ihn freigelassen hätte, wäre er auf mich losgegangen und hätte mich verprügelt. Ich dachte, wenn ich ihn vielleicht fest genug drücke, gibt er auf oder wird ohnmächtig. Du weißt schon, wie es bei den Berufsringern geschieht. Also hielt ich ihn einfach weiter fest. Es war verrückt — der Prüfungsraum war keine zwei Meter weit entfernt, und jeden Augenblick konnte ein Lehrer herauskommen; doch an diesem Kampf war etwas wie ein Karma, und wir mußten ihn ausfechten, wie auch immer.«

»Was geschah dann?«

»Er boxte mir in die Eier! So fest, wie du es dir nicht vorstellen kannst. Damals kämpfte man mit allerlei unlauteren Tricks, aber *dieser* Schlag war tabu. Das tat man einfach nicht. Aber ich glaube, Fanelli war verzweifelt, und es fiel ihm nichts anderes ein.

Noch nie in meinem Leben hatte ich etwas so Schmerzhaftes erfahren. Vielleicht bin ich sogar für ein paar Sekunden bewußtlos geworden, denn als ich wieder zu mir kam, war er über mir und drückte meine Arme mit den Knien gegen den Boden. Das nächste, an das ich mich erinnere, war, daß sich seine Faust mit einer verschwommenen Zeitlupenbewegung auf mich herabsenkte. Ich glaube, daß ich nicht einmal gespürt habe, wie sie meinen Mund traf. Aber ich weiß noch genau, wie mein Blut hochspritzte und sein weißes Hemd über und über bekleckerte.

›Du Scheißer! Du fetter Scheißer!‹ schrie er immer wieder, während er auf mich einschlug. Peng! Peng! Peng!

Schließlich zog ihn jemand von mir herunter, und etwa eine oder zwei Minuten später gingen wir alle in den Prüfungsraum, um unsere Arbeit zu schreiben! Kannst du dir das vorstellen? Ich hielt mir ein Taschentuch vor den Mund und versuchte zu verhindern, daß überall Blut hintropfte, doch es kam viel Blut.

Ich setzte mich auf den für mich bestimmten Platz und sah den Prüfungsbogen, der mit der Vorderseite nach unten auf dem Tisch lag. Kannst du dich daran erinnern? Weiß du noch, wie die Lehrperson, die die Aufsicht hatte, zu sagen pflegte: ›Dreht das Blatt erst um, wenn ihr dazu aufgefordert werdet!‹ Die guten alten Zeiten.

Als ich so dasaß und nach unten blickte, fielen die

ersten Blutstropfen. Plop, plop, plop! Direkt auf meinen Prüfungsbogen. Ich betrachtete mein Taschentuch und sah eine einzige rote Sauerei. Doch ich konnte nichts tun, also faltete ich es anders, damit eine trockene Seite nach außen kam, und hielt es mir wieder vor den Mund. Wir wurden aufgefordert anzufangen. Während der nächsten paar Minuten bemühte ich mich, einen einigermaßen klaren Kopf zu bekommen, um mich zu konzentrieren. *Und* der Schmerz hatte eingesetzt. *Und* ich mußte das Taschentuch andauernd umdrehen. Plop, plop, plop.

Ich war mit all diesen Dingen so sehr beschäftigt, daß ich keinerlei Notiz davon nahm, als sich jemand auf den Stuhl neben mir setzte.

›He, was ist denn mit dir passiert?‹

Das war Clinton, der beschlossen hatte, eine Viertelstunde zu spät zur Prüfung zu kommen.

›Nichts.‹ Ich machte eine wegwerfende Handbewegung, als ob es nicht wichtig sei. Doch ich schwenkte dabei mein Taschentuch, und es war so voller Blut, daß einiges davon verspritzte und auf seinem Tisch landete. Er betrachtete die Tropfen eine Zeitlang. Und weißt du was? *Ich* hatte Angst. Ich wußte, daß er *mir* bestimmt nichts tun würde, doch ich hatte Angst, Ingram.

Alan Piko saß hinter uns und sagte: ›Er und Anthony haben sich geprügelt, und Fanelli hat ihm in die Eier geschlagen.‹

Clinton fragte Piko, wie der Streit angefangen hatte, und erfuhr die Sache mit dem Kleiderbügel, dem Schwitzkasten, dem Schlag in die Eier, dem Schlag auf den Mund. Alles in geflüstertem Ton — tuschel, tuschel, tuschel.

›In die Eier? Er hat dich wirklich in die *Eier* geschlagen?‹ Clinton schrie die beiden letzten Worte, und alle in der Kantine hoben den Blick. Ich senkte den Blick. Ich war wie benommen und sagte nichts.

›Fanelli, du Scheißkerl! Du hast ihm wirklich die Nüsse poliert!‹

Das nächste, was mir bewußt wurde, war, daß er von seinem Stuhl aufstand. Innerhalb einer Sekunde hatte er ihn über den Kopf gehoben und schleuderte das Möbelstück quer durch den Raum in Anthonys Richtung. Es traf statt dessen Tom Kates. Kates brüllte etwas, doch niemand achtete auf ihn, denn Clinton rannte bereits auf Anthony zu. Stell dir den Raum U-förmig vor. Wir befanden uns in der Mitte einer der Senkrechten, Anthony am oberen Ende der anderen. Das war sein Glück, denn Clinton mußte im Zickzack laufen, um zu ihm zu gelangen. Anthony schlug Haken nach links und rechts und raste dann zur Tür. Mrs. Sellars brüllte, Clinton brüllte ... Es war das reinste Irrenhaus.

Anthony erreichte die Tür mit ein paar Schritten Vorsprung vor Clinton. Die beiden schossen aus dem Raum wie Ferraris. Wir hörten, wie Anthony im Flur schrie: ›Laß mich in Ruhe, Deix, du Wurm! Komm mir ja nicht zu nahe!‹ Seine Stimme war laut, doch in ihr schwang ein furchtsames Falsetto mit, das ich noch nie bei ihm gehört hatte. Ich hatte fast Mitleid mit ihm. Einige Schüler standen auf und wollten zur Tür gehen, doch die Lehrerin sagte immer wieder: ›Setzt euch und macht eure Prüfung!‹«

Michael holte tief Luft und verdrehte den Kopf, als ob er einen Krampf im Hals hätte.

»Hat er ihn erwischt?«

Er war gerade mitten in einer weiteren Halsdrehung, als ich ihn das fragte. Er hielt inne und sah mich an. »Ja, er hat ihn erwischt. Er hat ihn gepackt und umgebracht.«

»*Wie bitte?* Was sagst du da?«

»Er schoß ihm in den Rücken. Sobald sie das Schulgebäude verlassen hatten, holte Clinton eine Pistole heraus und schoß Anthony viermal in den Rücken und in den Kopf. Dann rannte er weg, und niemand sah ihn je wieder. Nur ich. Und jetzt auch du.«

»Ich kannte eine Frau, die behauptete, in einen Mann verliebt zu sein, doch jedesmal, wenn sie sich an den Händen hielten, behielt sie die Handschuhe an. Ich kannte einen Mann, der behauptete, daß er sich für Reisen an unerforschte, gefährliche Orte begeisterte, doch wenn er verreiste, dann waren es jedesmal teure organisierte Touren, bei denen starke Geländewagen und Hotelzimmer garantiert waren, die hoch genug in den Baumwipfeln lagen, so daß er nicht Gefahr lief, den warmen Atem von Löwen zu spüren.«

»Was erzählen Sie mir da?«

Mrs. Blackwell warf mir einen beleidigten Blick zu. Sie reckte mir ihre eleganten Nüstern entgegen und sagte. »Wenn Sie mir erlauben würden, zu Ende zu sprechen, Mr. York, dann würden Sie gleich erfahren, was ich Ihnen erzähle.«

»Man muß Geistern vertrauen, denn sie haben keinen Grund zu lügen. Bei menschlichen Wesen gibt es immer ein Drumherum; jede Menge Hintergedanken. Die Toten interessieren sich nicht für Finanzierungskosten oder eine neunprozentige Rendite bei ihren Investitionen ...«

»Ingram ...« Die Tür wurde geöffnet, und mein Produzent steckte den Kopf herein. Ich führte die Vorgespräche mit möglichen Gästen für die Sendung und war entzückt über die Unterbrechung in Mrs. Blackwells Geschwafel.

»Was gibt's, Arthur?«

»Draußen ist ein Junge, der dich unbedingt sprechen möchte. Lebend oder tot.« Er hob die Schultern.

»Wie sieht er aus?«

»Ungefähr sechzehn, braune Haare, groß ... Keine besonderen Merkmale.«

»Trägt er ein Fußballtrikot?«

»Ja, genau.«

Ich stand auf und ging zur Tür. »Wo ist er?«

»Am Empfang.«

»Ich bin gleich wieder da, Mrs. Blackwell.«

Was erwartete ich? Ich hatte keine Ahnung. Während ich durch den Flur zur Empfangstheke ging, war ich nervös und verwirrt. Alles, was Michael mir über Clinton Deix erzählt hatte, konzentrierte sich auf einen Punkt ein paar Meter von mir entfernt.

Der Junge saß artig da und hatte die Hände auf die Knie gelegt, wie ein Patient im Wartezimmer eines Arztes. Sein Gesichtsausdruck war gelangweilt. Das war derjenige, der meine Wände mit Scheiße beschmiert hatte? Er wirkte vielmehr wie ein Junge, der Cheeseburger bei MacDonald's serviert oder im Winter bei Schnee an die Tür kommt und fragt, ob er den Weg zum Haus freischaufeln darf. Als er mich sah, sprang er auf und streckte mir die Hand entgegen. Sein Gesicht drückte plötzlich nichts als Eifer und Wärme aus. »Mr. York?«

Wir gaben uns die Hände. Er hielt meine ziemlich lange fest.

»Ja. Sie sind Clinton Deix?«

»Ja, Sir.«

»Was wollen Sie?« Sobald er meine Hand losgelassen hatte, verschränkte ich die Arme.

»Ich möchte Sie bitten, für ein paar Stunden mit mir zu kommen.«

»Das geht nicht — ich stecke mitten in der Arbeit.«

»Ich weiß, aber es ist sehr wichtig.«

»Warum?«

»Weil ich weiß, daß Michael Billa Sie angelogen hat, und es ist gefährlich, wenn Sie ihm weiterhin glauben.«

Meine Arme blieben verschränkt. »Er würde vermutlich das gleiche über Sie sagen.«

Er verzog das Gesicht zu einer Grimasse und blickte sich in der Empfangshalle um. »Können wir wenigstens nach draußen gehen und uns unterhalten? Bitte, kommen Sie mir wenigstens soweit entgegen!«

Es war heiß und sonnig auf dem Parkplatz hinter dem Funkhaus. Es standen dort nur ein paar Autos und mein Motorrad. Ich ging zu ihm und stieg auf, setzte mich. »Haben Sie etwa meine Reifen aufgeschlitzt?«

Er schüttelte den Kopf. »Nein! Hat Michael Ihnen das gesagt? Ich habe es nicht getan. Darüber müssen wir uns unterhalten.«

»Also los!«

Es gab keine Sitzgelegenheit, deshalb ging er in die Hocke und schlang die Arme um die angewinkelten Knie. »Hören Sie, ich bin Clinton, und ich bin fünfzehn. Ich bin sicher, daß er Ihnen das erzählt hat, doch das Ganze ist völlig anders, als er es dargestellt hat. Er hat Ihnen *Scheiße* erzählt. Das ist nicht das erstemal, ich schwöre bei Gott. Ich schwöre bei *Gott!*«

»Was für Scheiße?«

Er umklammerte mit den Armen meine Taille, als ich das Motorrad herunterschaltete und in eine Kurve ging. Wir befanden uns in Beverly Hills und suchten eine Adresse am Walden Drive. Was Clinton mir auf dem Parkplatz erzählt hatte, war so überzeugend und schwerwiegend, daß ich mitten am Tag die Arbeit niederlegte und Deix, die lebende Zeitverzerrung, auf den Rücksitz meiner Honda nahm, um mit ihm nach einem Stück meiner eigenen Vergangenheit zu suchen.

Seinem Bericht zufolge lebte sie am Walden Drive, war mit einem reichen Mann verheiratet und hatte drei Kinder. Ihr Name war Blair Dowling, und sie war die einzige Frau, die ich je geliebt hatte. Doch all das lag weit zurück, in meiner Highschool-Zeit, wo ich im letzten Jahr unter anderem das Wissen darüber erlangte, daß ich schwul war. Wir hatten uns um die Zeit der Abschlußprüfung herum getrennt, doch Blair war eine gewitzte und kluge Frau, von der ich wußte, daß sie trotzdem in der Welt gut zurechtkommen und auch in Zukunft ein aufregendes Leben führen würde. Nach ein paar Jahren verlor ich sie aus den Augen. Das letzte, das ich über sie hörte, war, daß sie irgendwo in New York Rechtsanwältin war.

Was hatte Blair Dowling mit Clinton Deix und Michael Billa zu tun?

»Das kann ich Ihnen nicht sagen — Sie müssen es selbst sehen und fühlen. Dann kann ich es besser erklären. Sie lebt in Beverly Hills. Sie weiß, daß wir kommen.«

Das Haus war ein massives Steingebäude, halb verborgen hinter Ranken und Blumen und kitschigen Statuen, die entlang der Auffahrt Wache hielten. Bei Häusern wie diesem habe ich immer den Eindruck, als ob der Besitzer eine Seite aus irgendeiner Wohnkultur-Zeitschrift herausgerissen hätte und damit zu einer Baufirma gegangen wäre mit dem Auftrag: »Machen Sie mir das. Egal, was es kostet, ich möchte in diesem Zeitschriften-Haus wohnen.«

Ich wollte Blair nach zwanzig Jahren sehen. Ich wollte wissen, was sie mit Clinton Deix zu tun hatte. Als ich ihn fragte, wieso er von der Verbindung zwischen ihr und mir wußte, erklärte mir der Junge, daß er sich auf die Suche nach etwas gemacht habe, was bedeutend für mich war, sobald er erfuhr, daß zwischen Michael und mir sich eine Freundschaft anbahnte. Er berichtete, daß er zuvor schon auf anderen Fährten gewesen wäre, doch keine hatte sich als so überzeugend erwiesen wie diese.

»Was hat Michael ›früher‹ getan, das Ihnen soviel Kummer bereitet, Clinton?«

Er sah mich an und blinzelte. »Er will, daß Sie mich umbringen. Er sucht ständig nach jemanden, der mich umbringt, weil er selbst es nicht tun kann. Er hat nicht die Kraft dazu.«

»Warum nicht?«

»Er ist derjenige, der mich eingefroren hat. Zu mehr ist er nicht in der Lage.«

Ich drückte auf den Klingelknopf. Nichts rührte sich. Ich war im Begriff wegzugehen, doch Clinton läutete noch einmal und sagte, er wisse, daß sie zu Hause sei. Einen Augenblick später wurde die große Tür geöffnet, und da stand Blair Dowling.

Sie sah zehn Pfund schwerer aus, doch das machte sie nur noch hübscher. Außerdem war ihr Haar viel kürzer; sie trug den Schnitt einer fest im Leben stehenden, sportlichen Frau, die viel Tennis im Club spielt und mit Kindern und großen Hunden im hinteren Teil ihres Kombiwagens herumfährt. Im ersten Moment war sie verdutzt, doch dann schien sie sich zu freuen, mich zu sehen. Doch allzugroß war ihre Freude wohl auch wieder nicht, nach dem darauffolgenden Gesichtsausdruck zu urteilen.

Wir alle möchten gern wissen, was die Stammmitglieder unseres Herzens mit ihrem Leben anfangen. Doch die Gefahr beim Herausfinden besteht, daß diese bedeutenden Menschen selten den Weg gegangen sind, den man erwartet hat oder den sie sich erwünscht hatten. Damit soll nicht gesagt sein, daß ihr Leben ein Fehlschlag oder ein trauriger Umweg ist, doch wenn man sie eine Weile lang angesehen und ihrer Erzählung über die Geschehnisse zugehört hat, weiß man, daß sie es auch nicht ›geschafft‹ haben, weder in ihren eigenen Augen noch in unseren. Egal, ob sie den großen Preis gewonnen oder all ihr Geld verloren haben: was sie in tiefster Seele von der Welt wollten oder sich selbst versprochen haben, ist nicht eingetreten — oder schlimmer, sie waren nicht in der Lage, etwas daraus zu machen. Wenn man jemanden nach einem halben Leben trifft, sieht man diese Anzeichen der geschrumpften Hoffnung oder der Niederlage auf ihrer ganzen Erscheinung wie Flugzeug-Kondensstreifen am blauen Himmel. Blairs Leben war recht angenehm verlaufen, doch der Wohlstand und die Kinder und die Liebe eines sympathischen, prominenten Mannes waren nicht genug. Im besonderen war es nicht genug für das Teenager-Ich, das — so erkannte ich an jenem Tag — in jedem von uns vorhanden ist und so oft geschmäht wird und dann ungerechterweise zornig ist, weil wir nicht die Träume erfüllt haben, die es vor so vielen Jahren geschaffen hat. Ja, unser fünfzehnjähriges Ich ist unser strengster Kritiker. Was es uns nicht alles zugetraut hatte, als es noch bestimmend war! All die Hindernisse, von denen es *wußte,* daß wir sie überwinden könnten! Die Worte ›Sicherheit‹ und ›Klischee‹ gehörten niemals zu unserem Vokabular. Wir waren zu sehr etwas Außergewöhnliches, Starkes. Dieses junge Ich war bereit, wütend und gründlich wie ein Staubsauger mit dem Rest unserer Tage zu verfahren.

Und obwohl wir als Erwachsene lächeln (oder finster die Stirn runzeln) über diesen Teil unseres Ichs, der weit ausgestellte Hosen für das höchste und uns für fähig hielt, es mit der ganzen Welt aufzunehmen, lebt etwas von dieser jungen Seele weiter und beobachtet uns, wie ein Kind, das sich seiner Eltern schämt. Nichts bleibt auf der Strecke; jeder Teil von uns sitzt über den anderen zu Gericht.

Wir verbrachten eine Stunde bei Blair. Nach dreißig Minuten wäre ich gerne gegangen. Sie war eine sehr geniale, sehr fähige, sehr langweilige Frau geworden. Wenn wir uns als Fremde auf einer Party begegnet wären, hätten wir nicht viel miteinander zu reden gehabt. Nach den gegebenen Umständen, als wir einmal die Rutsche unserer Erinnerungen hinabgeglitten waren, gab es keine Möglichkeit mehr, wieder hinaufzuklettern und noch einmal hinunterzurutschen. Soundso war verheiratet, Soundso hatte ein Geschäft — na und? Diese Menschen und ihr Leben hatten uns einst etwas bedeutet, doch heute waren sie vollkommen unwichtig.

Ich nehme an, Blair hielt Clinton für ein Mitglied meiner Familie, denn während der ganzen Zeit unseres Besuchs sagte sie kaum ein Wort zu ihm, obwohl sie ihn nicht unfreundlich behandelte. Später sollte mir klar werden, daß der Junge fast so etwas wie die Begabung hatte, sich unsichtbar zu machen, wenn er wollte. Es war gespenstisch, wenn man zum Beispiel mit ihm in einen Laden ging und der Verkäufer nur mich ansah und ansprach.

Obwohl ich abgestoßen war, bedauerte ich es nicht, Blair gesehen zu haben. Seit unserem Aufbruch warf ich Clinton jedoch einen eindringlichen Blick zu, um ihn wortlos zu fragen, warum diese Begegnung so wichtig gewesen war.

Nachdem wir an der Eingangstür zum Abschied die Wangen gegeneinander gedrückt hatten, legte mir Blair die Hand auf die Schulter und sagte: »Ingram, es tut mir leid, was mit deinem Freund passiert ist, aber ich muß dir sagen, du siehst *großartig* aus. Es ist schwer zu erklären, aber seit du hereingekommen bist, bin ich voller Bewunderung für dein lebendiges und vitales Aussehen. Bei mir trifft das nicht so zu. Ich liebe meine Familie und mein Leben, aber du bist anscheinend ... in deins verliebt. Verstehst du, was ich meine? Als ob du eine wundervolle Beziehung hättest und alle möglichen gewaltigen Energien ausstrahlen würdest. Und Hoffnung! Ich beneide dich, Ingram. Du hast großes Glück. Ich kenne nur sehr wenige Menschen, die ihr Leben mögen. Sie leben es einfach und warten ab, was als nächstes kommt. Du kannst von deinem gar nicht genug bekommen!«

Ich fuhr bis zum nächsten Restaurant und ließ Clinton Deix mir gegenüber Platz nehmen. Bevor ich Gelegenheit hatte, Rechenschaft von ihm zu fordern, zündete er sich eine Zigarette an und verzog den Mund zu einem breiten Lächeln, vollkommen im Einklang mit der Welt: mit einem Gesichtsausdruck, als hätte er vollständige Beweise geliefert.

»Was sollte das alles?«

Er beugte sich vor. »Haben Sie nicht gehört, was sie über Ihr Aussehen gesagt hat? Genau das habe ich auch gesagt! Billa hat Sie jetzt gefunden, in einer Zeit, in der Sie in Höchstform sind. Hier und *jetzt* sind Sie auf dem Höhepunkt. Als es mir passierte, war ich in der Highschool. Dieser Scheißer weiß genau, wenn man soweit ist.«

»Noch mal. Sagen Sie es mit einfachen Worten, Clinton.«

Ich spürte das Gewicht seiner Enttäuschung über den Tisch hinweg. Wieso verstand ich nicht, da doch alles so einfach war?

Mein Körper fühlte sich an, als ob ich elektrisch

aufgeladen wäre, wodurch meine Haut kitzelte. Er war im Begriff, etwas zu sagen, durch das sich alles verändern würde. Er fuhr mit der Hand in die Tasche und brachte eine Meeresmuschel von der Größe einer kleinen Münze zum Vorschein. Mir fiel ein, daß Michael gesagt hatte, Fanelli hätte in ihrer Jugend immer aufregende Dinge in der Tasche mit sich herumgetragen.

Er reichte mir die Muschel. »Kommt Ihnen die bekannt vor?«

Ich nahm sie, drehte sie in der Hand um und reichte sie zurück. »Nein.«

»Bald wird sie es. Eines nicht zu fernen Tages werden Sie die Hand in die Tasche stecken, und so eine wird darin sein. Vielleicht schon morgen, aber ganz sicher bald. Sie werden denken: ›Wo habe ich *die* denn aufgelesen?‹ Es ist nur eine Muschel, also werden Sie sie wieder in die Tasche fallen lassen und vergessen. Doch das ist der Anfang; an dem Tag, an dem Sie sie finden, sind Sie dort.«

»Bin ich *wo?* Was hat das mit der Begegnung mit Blair und Michael zu tun?«

Er bestellte ein Glas Eistee und nahm einen langen, durstigen Zug, bevor er sprach. Er saugte die Wangen zwischen den Zähnen nach innen, doch er ließ mich nicht aus den Augen, während er trank.

»Nun gut, hören Sie. Michael nennt es ›Die Wesentliche Zeit‹. Er hatte damals, als wir Jungen waren, keinen Namen dafür, doch jetzt, da er ein ›Erwachsener‹ ist, benutzt er dieses Wort.

Es ist so: Für jeden gibt es eine besondere Zeit im Leben, in der er weitestgehend er selbst ist. Wissen Sie, was ich meine? Nehmen wir zum Beispiel Hitler, vielleicht hatte er seine ›wesentliche Zeit‹ im Alter von fünfzehn Jahren. Nicht als er erwachsen und der Führer Deutschlands war oder so etwas. Vielleicht war es, als er zum erstenmal einen Juden sah und wußte, daß er ihn haßte. Er haßte den ganzen verdammten Haufen.

Soweit ich es begreife, ist diese ›wesentliche Zeit‹ dann, wenn man mehr man *selbst* ist als zu jeder anderen Zeit im Leben. Viele Menschen haben das, wenn sie ganz oben sind. Sie wissen schon, wie der Junge in der Schule, der in allen Fächern Einser hat und Captain von irgendwas ist und mit einer tollen Freundin geht. Alles, was ihm danach widerfährt, ist ein Abstieg. Er macht seine Abschlußprüfung an der Schule als Mister Eins-Plus, doch später verdingt er sich als Scheinwerfer- oder Basketball-Verkäufer. Ein Jahr oder einen Monat oder ich weiß nicht wie lang ist dieser Knabe …

Michael pflegte immer zu sagen, es ist, wie wenn man durch ein Fernglas sieht und es dauernd nachstellen muß, um ein scharfes Bild zu haben. Einmal im Leben ist man ein scharfes Bild. Es findet bei den einzelnen Menschen zu verschiedenen Zeiten statt, aber es kommt. Früher oder später findet jeder Mensch auf Erden eine Muschel in seiner Tasche. Selbst wenn er in der Sahara oder sonstwo lebt! Aber niemand weiß, wie lang diese Zeit dauert. Michael sagt, bei einigen Leuten dauert sie Jahre, während es bei anderen nur ein kurzer Zeitraum ist. Bei manchen sind es nur ein paar *Tage.*«

Was mich am meisten an dem störte, was Clinton sagte, war die Übereinstimmung mit dem, was ich im Zusammenhang mit Blair gedacht hatte, als wir sie vor einer halben Stunde besucht hatten. Die Vorstellung von einem wesentlichen Moment war nichts Neues; wir alle wissen, daß es eine Zeit in unserem Leben gibt, in der unser Stern heller leuchtet als zu jeder anderen.

Doch das war nicht das, was er meinte. Was er im Verlauf seiner weiteren Ausführung mit einem Beispiel nach dem anderen darlegte, war der Umstand, daß wir uns selbst nicht immer dann am treuesten sind, wenn wir diese gepriesene, strahlende Phase in unserem Leben erreichen. In den meisten Fällen kommen und gehen diese ›wesentlichen Momente‹, ohne daß wir es wissen. Deshalb sind so viele von uns verloren und unglücklich: es ist unser Leben, doch wir haben keine Ahnung von seinen Höhen und Tiefen, den Augenblicken des wahren Triumphes oder der echten Niederlage oder des wirklichen Bewußtseins.

Und das, obwohl uns sogar — wie Kindern — Muscheln in die Tasche gegeben werden, damit wir erkennen, daß es soweit ist. Nutze den Vorteil deines wahren Ichs, wenn es dir gegeben ist! Mach es richtig, dann wird der Rest deines Lebens tiefgreifend anders verlaufen. Der einzige Zustand, mit dem ich es vergleichen kann, nach dem, was Clinton mir erklärt hat, ist der kurze Augenblick nach einem Orgasmus, wenn wir uns außerhalb unseres Körpers befinden und sehen, wo wir sind und warum wir dort sind.

»Und Michael konnte den Menschen das ansehen?«

»Er konnte es ihnen nicht nur ansehen, er wußte auch, wie er sie in diesem Zustand einfrieren konnte. Als ob er einem damit einen großen Gefallen täte, was? Er kann einen mitten in dem beschissenen ›wesentlichen Moment‹ einfrieren und einen dort ungefähr tausend Jahre lang verrotten lassen …«

»Auf welche Weise ›einfrieren‹?«

»Was stellen Sie sich unter ›einfrieren‹ vor? Wie in einem Iglu? Nein. Er tut etwas, und man bleibt einfach stehen. Man lebt und alles, aber mit dem Körper passiert überhaupt nichts mehr; man wächst nicht mehr. Man wird nicht älter. Ich bin fünfzehn, ich meine, ich sehe wie fünfzehn aus, seit jenem Tag, als ich Fanelli fertiggemacht habe.

Kann ich noch einen Eistee bekommen? Verstehen Sie, ich habe dieses Schwein erschossen und bin dann weggelaufen. Ich war mein ganzes Leben lang vor meinem Alten davongelaufen, deshalb war es nichts Neues. Ich ging nach New York. Man kann dort Geld machen, wenn man mit sich machen läßt, was die anderen mit einem machen wollen. Als die kalte Jahreszeit kam, reiste ich per Anhalter nach Florida. Florida und New York waren meine beiden Reviere, verstehen Sie?

Doch dann wuchs ich jahrelang nicht. Meine Füße wurden nicht größer, und die Kleider wurden mir nicht zu klein; meine Körpergröße nahm nicht zu, und schließlich merkte auch ich Blödmann, daß etwas entschieden nicht stimmte. Ich war groß. Ich war bis dahin immer groß gewesen, doch plötzlich wuchs nichts mehr an mir. Und mein Gesicht veränderte sich nicht. Das heißt, ich brauchte mich nicht zu rasieren und so Sachen.«

Das zweite Glas Tee kam, ebenso der gebackene Käse, den ich bestellt hatte. Ich hatte Hunger, doch das Sandwich blieb unberührt vor mir liegen, während er seinen neuen Drink hinunterschüttete und sich den Mund mit dem Handrücken abwischte.

»Also, um die Geschichte etwas abzukürzen, ich lernte im Port Authority Bus Terminal in New York diesen Typen namens Larry kennen. Er war älter als ich, und wir kamen ins Gespräch. Das war ungefähr zwei Jahre nach der Sache mit Fanelli, als ich schätzungsweise siebzehn war.«

»Haben Sie sich niemals Sorgen gemacht, daß die Polizei Sie wegen Mordes festnehmen könnte?« Ich nahm das Sandwich in die Hand, betrachtete es und legte es wieder hin.

»Darauf wollte ich noch zu sprechen kommen. Am Anfang machte ich mir Sorgen, doch es geschah nichts; keine Bullen kamen, niemand behelligte mich, und irgendwann vergaß ich es halbwegs, wenn Sie mir das glauben können. Aber wissen Sie, warum keine Bullen bei mir auftauchten? Wegen Michael. Er wußte die ganze Zeit über, wo ich war und was ich tat. Er schützt einen, nachdem er einen eingefroren hat. So nenne ich das — einfrieren. Vielleicht braucht er einen später noch für irgendwas, also möchte er nicht, daß einem etwas geschieht. Essen Sie dieses Sandwich?«

Ich schob den Teller zu ihm hinüber. »Warum sollte ich irgend etwas von dem glauben, was Sie mir erzählen?«

»Oh ... he, bis jetzt habe ich noch gar nichts erzählt. Warum Sie mir glauben sollen? Sie brauchen mir nicht zu glauben. Ich kläre Sie nur zu ihrem eigenen Nutzen auf.«

»Wieso liegt ihnen mein Nutzen am Herzen?«

Ein pfiffiges Feixen, das gut dorthin paßte, breitete sich langsam auf seinem Gesicht aus. »Tut er nicht — mir liegt *mein* Nutzen am Herzen. Lassen Sie mich die Geschichte zu Ende erzählen.

Ich lernte also diesen Larry in dem New Yorker Busbahnhof kennen, und wir kamen ins Gespräch. Plötzlich holt er eine Muschel aus der Tasche und fragt mich, ob ich auch so eine hätte. Das ist eine ziemlich eigenartige Frage, aber ich sagte ja, ich hab' schon lange eine. Und dann? Er fragt mich, ob ich einen Kerl namens Michael Billa kenne! Können Sie sich vorstellen, was *diese* Frage in mir auslöste?«

»Er war einer von Michaels Leuten?«

»Genau. Er war einer von Michaels Leuten, und er war gekommen, um mich aufzuklären. Er behauptete, er hätte mich auf den ersten Blick erkannt. Und wissen Sie was? Er hat nicht gelogen — nachdem Michael einen einfriert und man versteht, um was es bei dem Ganzen geht, *kann* man andere erkennen.«

Jetzt war ich dran mit Feixen. »Wieso habe ich dann Sie nicht erkannt?«

Sofort verzerrte sich sein Gesicht voller Wut. Ein grausamer Zorn, der ein Messer aus dem Nichts hätte aufschnellen lassen können, war mit furchterregender Schnelligkeit aufgewallt. Er legte beide Hände auf den Tisch, als ob er sich erheben wollte.

»Hör zu, du alter Wichser, du brauchst nichts von alledem zu glauben. Aber paß auf: wenn er dich einfriert, dann bist du erledigt. Weißt du, was dann mit dir passiert? Das gleiche wie mit mir und Larry. Weißt du, was ich mit ihm gemacht habe? Ich habe ihn umgebracht. Genau. Ich mußte es tun. Und weißt du, warum? Wegen Michael. Er war nicht einmal *dort,* und doch zwang er mich, es zu tun.

Deshalb bin ich hier. Du bist mir scheißegal, Mann. *Ich* will nicht sterben. Aber ich weiß, daß du auf mich losgehst, wenn er dich einfriert. Michael braucht immer nur einen gleichzeitig. Wenn er dich genügend benutzt hat — oder Larry oder mich —, dann hetzt er dir einfach den nächsten auf den Hals, und so geht das weiter.«

»Warum hat er dich gebraucht?«

Clinton schüttelte den Kopf, als wäre ich die dümmste Person auf der Erde. »Weil er als Kind ein jämmerlicher Waschlappen war. Er brauchte einen großen Bruder, einen Schutzengel, ein Schutzschild und all das in einem. Ich bin ihm zufällig in einem ungünstigen Moment über den Weg gelaufen, Herrschaften!«

»Wer war dieser Larry?«

»Michaels Beschützer vor mir, als er in einer anderen Stadt wohnte. Weißt du, wer der Typ war? Sein Lehrer in der dritten Klasse!«

»Warum hast du ihn getötet?«

Bevor Clinton antwortete, machte er mich auf eine halbzerdrückte Zigarette im Aschenbecher aufmerksam — immer noch glühend und schwelend, aber kurz vor dem Ausgehen.

»Ich mußte es tun. Michael zwang mich dazu.«

Ich wußte fast im ersten Moment, als ich die Eingangstür öffnete, daß etwas nicht stimmte. Die Gerüche eines Zuhauses sind sowohl sofort erkennbar als auch unverwechselbar. Sie sind bis zu einem gewissen Grad veränderlich, je nachdem, was man gekocht oder wann man zuletzt geputzt hat, doch selbst Zwiebeln oder ein neues Bodenwachs können den Duft des Alltags nicht verfälschen; die Farbe, mit der wir die Luft gestrichen haben, in der wir leben.

Mein erster Impuls war, den Kopf zurückzuziehen. Das letztemal, als es hier anders als sonst gerochen hatte, war alles mit Scheiße verschmiert gewesen. Doch nachdem der erste Schreck überwunden war, setzte mein Gehirn wieder ein, und ich erkannte erhitztes Olivenöl, Oregano und Knoblauch. Die Düfte eines italienischen Restaurants — warm, üppig und sexy.

Seit ich wieder allein lebe, bewahre ich in der Vase neben der Eingangstür ein Jagdmesser auf. Nicht daß es mir irgend etwas nützen würde, wenn ich mich in einem Kampf Mann gegen Mann mit einem Einbrecher ausgesetzt sähe, doch es war mir einfach angenehm, es dort zu wissen. Ich holte es so leise wie möglich aus seinem Versteck und schlich in Richtung Küche.

Alle Lichter waren eingeschaltet, der Küchentisch war für eine Person gedeckt — mit einem schwarzen Platzset, einer weißen Serviette, einem Weinglas und einer Flasche Chianti. An der Seite stand eine große irdene Schale, gefüllt mit einem meiner Leibgerichte — ›Muschelsalat‹. Die Nudeln waren wie kleine Meeresmuscheln geformt, so wie bei meiner Mutter früher, als ich noch sehr klein war.

Das war noch nicht alles. Als ich mich langsam und lauernd durch den Rest der Wohnung schlich, die Lampen anknipste und in die Ecken sah, entdeckte ich überall Muscheln. Drei mittelgroße auf dem Spiegeltisch im Schlafzimmer. Eine riesige Nautilus, wie man sie sich ans Ohr hält, um das Meeresrauschen zu hören, lag mitten auf meinem Bett. Ein Schild mit dem Firmenzeichen von Shell lehnte an einer Wand.

Meine Wohnung sah aus wie das Muschelmuseum eines Wahnsinnigen. Echte Muscheln, Plastikmuscheln und raffinierte Scherzartikel, bei denen man genau hinsehen mußte, um die Muschel darin zu erkennen.

An diesem Abend durchstreifte ich noch lange Zeit meine kleine Wohnung auf der Jagd nach den vielen anderen Muscheln, die wie beim Ostereiersuchen schlau an allerlei abwegigen, seltsamen Stellen versteckt waren: in der Halterung für das Nachschub-Klopapier in der Toilette, unter meinem Kopfkissen, auf der Seite 1084 des Wörterbuches, wo das Wort ›Muschel‹ und seine vielen Bedeutungen beheimatet war.

Ohne mir dessen so richtig bewußt zu sein, wurde ich so geschickt im Aufspüren, daß ich nach einer gewissen Zeit wie ein guter Schachspieler innehielt und darüber nachdachte, welchen Zug er sich als nächstes ausgedacht haben mochte. Wie konnte ich ihn übertrumpfen? Und wenn mir ein besonders ausgefallener Ort einfiel, wo man eine unterbringen könnte, und wenn dann keine dort war, war ich zufrieden. Wie schnell wir die Besessenheit von anderen übernehmen!

Wer immer die vielen, vielen Muscheln versteckt hatte, mußte den ganzen Nachmittag hier verbracht haben. Als ich zwei Tage später zur Arbeit fuhr, geriet ich in einen Verkehrsstau, der unendlich zu sein schien. Einer der angenehmen Aspekte am Besitz eines Motorrades ist, daß man bei einem Stau wie diesem normalerweise zwischen den Autos hindurchhuschen oder sich rechts an ihnen vorbei in die Freiheit vorschieben kann. Doch diesmal waren diese Tricks nur ein paar Wagen lang möglich, dann hing ich fest wie alle übrigen.

Nachdem ich mich vergewissert hatte, daß kein Polizist in der Nähe war, tat ich etwas sehr Verbotenes: Ich lenkte die Maschine auf den Gehsteig und fuhrt dort weiter bis zu einer Seitenstraße, durch die ich auf die Parallelstraße gelangen konnte.

In höchstem Maße zufrieden mit mir selbst, kreuzte ich durch die Detroit Street und hielt ordnungsgemäß vor einem Stoppschild an: ganz der gesetzestreue Bürger.

Als ein Wagen vor mir vorbeifuhr, dauerte es einen Moment, bis mir aufging, daß Blair Dowling auf dem Beifahrersitz saß und daß es derselbe Wagen war, den ich vor ein paar Tagen auf ihrer Auffahrt gesehen hatte. Ein Mann saß am Steuer, den ich natürlich für ihren Ehemann hielt. Er trug eine Sonnenbrille und hatte einen Stoppelhaarschnitt. Viel mehr konnte ich nicht sehen, obwohl ich es gern getan hätte; ich wollte mir den Mann anschauen, den Blair sich ausgesucht hatte, um mit ihm den Rest ihres Lebens zu verbringen. Den Mann, der viel Geld verdient hatte, dem es aber nicht gelungen war, meine frühere Freundin glücklich zu machen.

Keiner der beiden sah mich, als ihr anthrazitblauer Mercedes den Verkehrsregeln entsprechend vorüberfuhr. Auf der hinteren Stoßstange war ein Aufkleber der Akademie von Andover.

Ich blieb an der Kreuzung stehen und blickte dem Wagen nach, bis er verschwunden war. Ungeachtet

Blaires Unzufriedenheit erschien ihr Leben in diesem Moment beneidenswert sicher und ausgeglichen. Der Vergleich mit dem meinigen entsprach dem zwischen ihrem Auto und meinem Motorrad. Eins war eindrucksvoll und vertrauenswürdig, wenn auch irgendwie langweilig; das andere *wirkte* wild und abenteuerlich, war jedoch nach kürzester Zeit unbequem und schützte einen in keiner Weise vor den widrigen Elementen.

Kaum war ich im Funkhaus angekommen, kam mein Produzent auf mich zu und warf die Bombe ab.

»Erinnerst du dich an den Jungen, der vor ein paar Tagen hier war und nach dir gefragt hat? Ich habe ihn und Michael Billa gestern abend bei Lawry's gesehen, wo sie zusammen gegessen haben. Wer ist eigentlich dieser Knabe? Du weißt ja, das ist ein ziemlich feines Restaurant, doch er trug dasselbe Fußballtrikot, das er anhatte, als er hier war. Hat er nichts anderes zum Anziehen?«

»*Zusammen?* Hast du sie wirklich zusammen gesehen? Hatten sie Kontakt miteinander?«

»Zusammen? He, Ingram, die beiden machten sich gemeinsam über das größte Rippenstück her, das du je gesehen hast. Und wenn sie nicht gerade aßen, dann lachten sie. Es sah so aus, als wären sie sehr gute Freunde.«

Ich halte mir etwas darauf zugute, Menschen im allgemeinen zu verstehen und ihre Gefühle nachvollziehen zu können. Wenn man eine Talksendung macht, die so seltsam ist wie *Ausgerastet*, dann erkennt man, daß die Wahrnehmungen anderer Leute oft *nicht* so sind wie die eigenen. Außerdem ist das Leben an sich nur so geordnet, wie es von Tag zu

Tag zu sein beliebt, manchmal sogar nur von Stunde zu Stunde.

Wenn wir über Menschen lesen, die Kindern den Kopf abschneiden oder zu Tausenden sterben, wenn ein Schiff vor Bangladesch kentert, dann schütteln wir den Kopf über den Wahnsinn der Menschheit oder die Verrücktheit des Lebens.

Aber wir müssen der Tatsache ins Gesicht sehen, daß wir im tiefsten Inneren *wissen*, daß unser Leben nur aus einer atemberaubenden Beinahkatastrophe nach der anderen besteht. Es gibt keine Gerechtigkeit oder ein begreifbares Gerüst; es gibt nur Verzögerungen.

Früher oder später prallt jeder gegen die Wand oder überfährt eine Verkehrsampel oder stößt mit einem Lastwagen zusammen, wie wir es immer vorausgesehen haben. Man kann auf die Seite des Lastwagens ›Krebs‹ oder ›Schmerz‹ oder ›Verlust‹ schreiben. Man betet, daß man den Zusammenstoß überlebt. Nichts anderes sind Gebete letztendlich — »O lieber Gott, bitte beschütze mich vor dem Unvermeidlichen.«

Als das Erdbeben kam und ich Glenn aus den Ruinen unseres Hauses und unseres gemeinsamen Lebens hervorzog, war eine meiner inneren Stimmen so sanft wie der Schlaf. Sie sagte. »Aha? Deine Zeit ist also gekommen. Es mußte passieren.«

Doch als mir klar wurde, daß Billa und Clinton Deix sich zu einer Art von makabren, sadistischen Verschwörung gegen mich zusammengetan hatten, war das fast schwerer zu verkraften als Glenns Tod. Der Tod ist unausweichlich, Schmerz und Grausamkeit sind es nicht.

Was wollten sie von mir? Was hatte ich nur getan, um diese boshafte Planung und diesen außergewöhnlichen Kraftaufwand zu verdienen? Scanlon, der Bulle, hatte gesagt, daß er nicht überrascht sei über die Scheiße an meinen Wänden, und zwar wegen der Eigenart meines Jobs. War es etwas, das ich in meiner Sendung *Ausgerastet* gebracht hatte, das die beiden so sehr erzürnt hatte?

Und welcher Art war ihre Beziehung? Brüder? Geliebte? Etwas viel Ausgefalleneres? Wo war das Herz dieses zornigen Körpers? Was hatte ich getan, daß es so heftig und schnell schlug?

Meine Schwester und mein Schwager leben in Wien. Zwischen hier und dort besteht eine Zeitdifferenz von neun Stunden, was ich vollkommen vergessen hatte, als ich anrief und als Antwort ein verschlafenes ›Hallo?‹ bekam.

»He, Walker? Hier ist Ingram.«

»He, Ingram! Geht's dir gut? Ist alles in Ordnung?«

Ich hörte meine Schwester im Hintergrund fragen, wer es sei. Ihr neugeborenes Baby fing an zu schreien.

»Ich muß etwas wissen, Walker. Es ist wirklich sehr wichtig. Erinnerst du dich, daß du mir empfohlen hast, Kontakt zu Michael Billa aufzunehmen? Erinnerst du dich, daß du gesagt hast, wir würden einander mögen und gut miteinander zurechtkommen?«

»Michael Billa? Ach ja, jetzt erinnere ich mich.«

»Woher kennst du ihn, Walker? Wo bist du ihm begegnet?«

Es herrschte Stille in der Leitung, mit Ausnahme

des Zischens und Raunens bei einem Ferngespräch über vierzehntausend Kilometer Entfernung.

»Das ist eine sehr lange Geschichte, Ingram. Ich ...«

Was er auch gesagt haben mochte, es wurde von einem lauten Quietschen in meinem Schlafzimmer übertönt.

»O Scheiße!« Ohne nachzudenken, legte ich den Telefonhörer aus der Hand und erhob mich langsam aus dem Sessel.

Da! Wieder ein Quietschen!

In die vorige Wohnung, in der ich in LA gewohnt hatte, war dreimal eingebrochen worden. Was bei einem Einbruch gestohlen wird, ist unwichtig; entscheidend ist, daß jemand in das Zuhause eines Menschen eingedrungen ist, sich umsehend, alles anfassend, auswählend; dessen Leben spürend, dessen Luft atmend. Wenn es vorbei ist, wäscht man alle Gegenstände ab und reißt alle Fenster auf.

Ich ging so leise wie möglich zur Tür und nahm zum zweitenmal innerhalb einer Woche das Messer aus der Vase. Es klappte mit einem beängstigend lauten Klicken auf.

»Verpißt euch aus meiner Wohnung, Billa! Clinton! Haut ab!«

Offenbar waren sie durchs Fenster hereingekommen. Ich wohnte im zweiten Stock. Es war ein leichtes, über die Balkongeländer heraufzuklettern. Vielleicht, wenn sie wüßten, daß ich zu Hause bin ... Vielleicht, wenn ich sie anbrüllte ...

Ich drehte den Griff an der Schlafzimmertür. Gleich darauf erklang im Inneren ein Durcheinander von Geräuschen, ein Rascheln, ein Trappeln, ein Poltern von etwas Fallendem. Machten sie sich auf und davon? Und wenn sie nun diesmal eine Waffe hatten? Und wenn sie es ernst meinten und nicht nur die Wände beschmieren wollten?

»Raus!«

Ein Lachen drang von innen heraus, weiteres Gepolter war zu hören. Ich holte tief Luft und stieß die Tür mit Schwung auf.

Alle Lampen waren eingeschaltet. Niemand war da. Das nächste, das ich sah, war Dunkelrot auf Weiß. Blut auf meinem Bett. Doch nicht nur Blut, sondern noch andere Dinge — Klumpen von Dingen. Brocken und Fetzen … Fleisch! Große Stücke rohen Fleisches waren auf mein Bett geworfen worden, und aus ihnen war Blut überallhin auf das weiße Baumwollbettzeug gespritzt.

»Lieber Gott!«

Dicke, glitschige rote Kalbsleber. Blutige, glänzende purpurrote Rinderherzen, wabbeliges elfenbeinfarbenes Gehirn, wie Pudding. Nieren …

Wie viele Stücke mochten es insgesamt sein? Vierzig? Sie bedeckten das ganze Bett. In der Mitte türmte sich ein schimmernder Haufen davon.

In meinem Gehirn fiel eine Tür ins Schloß, und ich hatte keine Angst. Jetzt reichte es. Es war vorbei. Ich würde dem ein Ende bereiten.

Ich ging zum Fenster und blickte hinunter. Eine sehr große, dunkle Gestalt huschte schnell an dem Abflußrohr an der Seite des Gebäudes nach unten. Ich konnte nicht erkennen, wer das war, doch allein die Größe und die Fettleibigkeit verrieten mir, daß er es sein mußte.

»Ich kriege dich, Billa! Ich kriege dich, du Arschloch!«

Er lachte, doch es war nicht Michaels normales Lachen, tief und lang. Das hier war ein kindliches ›Hi-hi-hi‹. Im Zusammenhang mit all den anderen Dingen, die geschehen waren, klang es bösartig und bedrohlich.

Nichts von alledem war *zum Lachen;* ein Kind hätte nichts davon lustig gefunden. Das machte mich noch zorniger.

Ich verfolgte den Schweinehund. Ich ließ mich mit einer solchen Geschwindigkeit an dem Abflußrohr hinunter, daß man hätte meinen können, ich wäre ein Bergsteiger mit Seil und Karabiner an einer Steilwand. Sssstttt — am Rohr hinuntergleiten, am Boden aufkommen, stolpern, sich fangen, rennen.

Das Erschreckende war, wie schnell *er* rannte. Er hatte den Boden nur ein paar Sekunden vor mir berührt, doch er hatte bereits einen Block Vorsprung und stieß wieder dieses entsetzliche hohe Lachen aus.

»Du Mistkerl!«

Hi-hi-hi.

Er war zu weit weg, und es war zu dunkel, als daß ich ihn deutlich hätte sehen können. Doch einmal drehte er sich um, ohne im Rennen innezuhalten, und berührte sich im Schritt mit der altbekannten Wichs-dich-selbst-Geste. Er stürzte. Ich blieb auf der Stelle stehen und versuchte zu lachen. Wenn ich ihn nicht erwischen konnte (*warum* konnte ich es nicht? Wie war es *irgend jemandem* möglich, derartig schnell zu laufen?), dann konnte ich ihn wenigstens auslachen, mit einer schlechten Imitation seines blöden Kinderlachens. In der Hoffnung, daß es ihm einen kurzen Stich versetzen, den Siegestriumph für einen Augenblick von seinem Gesicht vertreiben würde.

Doch er erhob sich sogar mit unglaublicher Schnelligkeit. In Null Komma nichts war er wieder auf den Beinen, rannte und lachte wie zuvor.

Ich wurde von der Kraft der Empörung getrieben und hatte nicht die Absicht aufzugeben, bevor nichts mehr davon übrig war oder bevor ich fix und fertig am Boden lag.

Wir rannten an Häusern mit warmer Beleuchtung vorbei, an Leuten, die aus Autos stiegen, Bäumen, die ihren nächtlichen Duft verströmten — Magnolien, Geißblatt.

Er rannte achtlos über die Straßen und nahm einen Zickzackkurs, der mir rätselhaft war. Hatte er irgendein Ziel? Oder versuchte er nur, irgendwohin abzuhauen?

Gleichgültig, wohin er rannte, es bestand kein Zweifel daran, daß er mich hätte abhängen können, wenn er gewollt hätte. Doch er lief jetzt gerade so langsam, daß ich ihn nicht aus der Sicht verlor. Ich erwartete, daß er jeden Moment explodieren würde und verschwunden wäre, wie der legendäre Road Runner.

Als meine Kraft verbraucht war und ich anhalten mußte, die Hände auf die Knie gelegt, die Lunge pumpend wie ein Blasebalg, sah ich ihn zwei Straßen weiter, wo er stehengeblieben war und wartete. Pfiff er? Jemand tat es jedenfalls.

Ich wollte ihm etwas zurufen, doch ich bekam kaum genügend Luft zum Atmen.

Warum stand er immer noch dort im Halbdunkel und wartete? Sein Gelächter übertönte das Japsen meines keuchenden Atems.

Ich hörte, daß ein Wagen, oder jedenfalls etwas

Lautes, Starkes, hinter mir herankam. Ohne darauf zu achten, versuchte ich, den Feind jenseits der Straße nicht aus den Augen zu lassen.

Ein Wagen hielt in meiner Nähe an. Ich wandte mich in seine Richtung um, und ein heller Lichtstrahl (eine Taschenlampe?) blitzte im Innern auf und bohrte sich durch die Dunkelheit bis zu Billa.

Mein Blick traf direkt sein Gesicht.

Aber es war nicht Billa. Ich hatte diesen Mann nie zuvor gesehen.

»Ingram! Steig ein, schnell!«

Meine Augen, die durch das helle Licht geblendet waren, brauchten eine Weile, um erkennen zu können, wer aus dem Innenraum des Wagens gerufen hatte.

Michael Billa saß am Steuer. Clinton nahm den Beifahrersitz ein, und der Lichtstrahl der Lampe in seiner Hand war immer noch auf den Fleisch-Mann gerichtet. »Los, beeil dich! Steig ein, sonst erwischen wir ihn nie!«

Ich sah zu der anderen Straße hinüber. Der Fleisch-Mann war weg.

»Verdammt noch mal, steig endlich ein! Wir können ihn immer noch einholen.«

»*Wen* einholen? Was, zum Teufel, soll denn das alles?«

»Vergiß es. Er ist verschwunden«, sagte Michael aus dem Wagen.

»Verdammte Scheiße! Steigst du jetzt endlich ein, York? Du hast bis jetzt alles versaut. Glaubst du, es wäre dir möglich, deinen Arsch hier hereinzubewegen, ohne noch mehr Schaden anzurichten? He?«

Clinton stieß die Tür auf, die mich am Bein traf.

Ich streckte den Arm aus und zog den kleinen Rotzlümmel dicht an mein Gesicht heran, dann drückte ich ihn gegen das Wagendach zurück. Er schrie auf und zappelte, um sich aus meinem Griff zu befreien.

»Gar nichts tu ich, Clinton, bis ich erfahren habe, was hier vor sich geht.«

Michel packte mich von hinten. Meine ehemaligen Trainingsstunden in Tae Kwon Do machten sich endlich einmal bezahlt — ich trat ihm mit dem Absatz von oben auf den Fuß, ohne Deix loszulassen. Billa brüllte und fiel mit einem fetten Klatschen neben mir zu Boden.

Ich hämmerte mit Clintons Kopf erneut gegen den Wagen, und zwar nur aus dem einen Grund, weil es ein großartiges Gefühl war, *jemand* zu sein, nach all den Scheußlichkeiten, die ich durchgemacht hatte. Egal, ob sie hinter diesen Machenschaften standen oder der Fleisch-Mann, jeder außer mir wußte offenbar, was im Gange war. Jetzt war für mich die Zeit gekommen, es herauszufinden und zu dem Verein der Eingeweihten zu gehören.

Deix stieß mir das Knie in den Schritt.

Mit einem *Uff!* entwich alle Luft meiner Lunge, und ich krümmte mich zusammen und hielt mir den Bauch, um alles, was noch darin geblieben sein mochte, darin zu halten.

»So geht keiner mit mir um, du Scheißer!«

»Clinton, hör auf!« Das war Billas Stimme.

»Den mach' ich fertig. So was tut keiner ungestraft!«

Etwas Hartes traf mich im Genick. Trotz des Schmerzes spürte ich, daß es eine Waffe war. Sie wurde entsichert.

Billa schrie auf. »Denk an Fanelli! Clinton — Fanelli!«

»Scheiße!« Das Klicken des Hebels, mit der die Waffe wieder gesichert wurde, war zu hören. Er versetzte mir einen Fußtritt, doch diesmal traf er meinen Schenkel.

Ich konnte die Schmerzen kaum aushalten. Als ich wieder fähig war, die Augen zu öffnen, sah ich Billa, der vor mir kniete. Ein fettes Ungetüm auf Händen und Knien.

Nachdem ich ein paarmal tief Luft geholt hatte, brachte ich endlich die Worte heraus: »Was soll das alles, Michael? Was geht hier vor sich? Wer bist du?«

Er senkte den Kopf, schüttelte ihn.

Es war Clinton, der antwortete. »*Du,* du Riesenarschloch. Sowohl er als auch ich. Gemeinsam. Wir alle sind du. Du bist wir.«

Ich hatte keine Lust, in meine Wohnung zurückzukehren, also gingen wir in Michaels. Ich saß auf dem Rücksitz des Wagens und betrachtete ihre Hinterköpfe. Niemand sprach.

Als wir angekommen waren, brachte uns Michael Bier und kramte dann ein Jahrgangsbuch von der Highschool heraus, mit dem er zu mir zur Couch kam.

»Das hier ist Clinton. Das bin ich. Und das ist Anthony Fanelli.«

Es waren typische Fotos. Typische Gesichter von amerikanischen Highschool-Jungen der sechziger Jahre. Der einzige Unterschied war, daß Clinton Deix heute noch genauso aussah wie auf den Bildern.

»Ich will keine Fotos von Anthony Fanelli sehen! Ich will wissen, was hier gespielt wird! Warum seid ihr plötzlich Freunde? Michael, du hast mir erklärt, Clinton sei hinter mir her.« Er sah Deix an. »Und *du* hast mir erzählt, Michael hätte dich ›eingefroren‹ und wollte mich dazu bringen, dich zu töten.«

Sie blickten einander an. Clinton ergriff das Wort. »Mike dachte, daß das wahr sei. Doch ich habe gelogen, weil ich nicht die Wahrheit sagen konnte, bevor ein anderer von uns verstand.«

»*Was* verstand?«

»Sieh deine Handfläche an.«

Ich streckte die Hand aus und drehte sie um. Ich hatte mir im Laufe von *Ausgerastet,* so oft aus der Hand lesen lassen, daß ich so ziemlich jede Furche und Linie kannte und wußte, was sie angeblich bedeuteten. Es hatte sich dort nichts verändert, seit ich sie das letztemal betrachtet hatte.

»Na und?«

Michael und Clinton kamen beide neben mich und streckten jeweils ihre Hand mit der Innenfläche nach oben zu beiden Seiten der meinen aus. Die drei Handflächen waren absolut identisch.

»Nein!«

»Du kannst sie dir mit einem Vergrößerungsglas ansehen, und du wirst erkennen, daß alles haargenau gleich ist. Mike hat das getan, als ich es ihm gezeigt habe.«

Ich sah Clinton an. »Was bedeutet das?«

Billa antwortete. »Ich bin selbst erst vor kurzem dahintergekommen, Ingram. Während all der Jahre hatte ich geglaubt, Clinton wäre auf irgendeine Weise einfach im Alter von fünfzehn Jahren erstarrt.

Frag mich nicht, wie. Wer weiß, welche Geheimnisse das Leben birgt?

Doch seit wir beide, du und ich, uns begegnet sind, bekam ich ein immer sonderbareres Gefühl. Dann tauchte Clinton wieder mal auf, wie er es seit Jahren von Zeit zu Zeit getan hatte.

Ich war gerade unter der Dusche, als ich die Erleuchtung hatte« — er schnalzte mit den Fingern —, »einfach *so*. Ich hielt gerade ein schmales gelbes Seifenstück in der Hand und betrachtete meine Finger, dann meine Zehen, und hing dem müßigen Gedanken nach, warum wir ausgerechnet jeweils *fünf* Finger und Zehen haben — nicht mehr und nicht weniger. Alle Wissenschaftler der Welt könnten einem logische Erklärungen dafür liefern, doch keiner davon hat recht.

Weißt du warum? Weil *Gott* uns den deutlichsten Hinweis überhaupt gegeben hat. Die ganze Wahrheit kam plötzlich in der Dusche über mich. Und als das geschehen war, trat ich ohne zu zögern hinaus, trocknete mich ab und machte mich auf die Suche nach Clinton, um ihn zu fragen, ob ich recht hatte.

Warum ist der Mensch so verloren und unglücklich? Selbst wenn wir ein verhältnismäßig behagliches und bevorzugtes Leben führen. Die Philosophen stellen diese Frage über das Leben und die Existenz schon seit Anbeginn der Geschichte.

Möchtest du es wissen, Ingram? Möchtest du eine der Antworten auf das Universum erfahren?« Er lächelte ein wenig traurig und hielt die Hand hoch. Er zeigte mir seine vertraute Handfläche und deutete darauf.

»Wir besitzen fünf Finger und Zehen, weil uns

Gott damit sagen will, daß *alles* in Fünfergruppen vorkommt, selbst vollständige Seelen. Warum empfindet der Großteil der Menschheit im Leben ein Unerfülltsein? Weil kaum jemand vollständig ist. Doch nicht in der Hinsicht, wie es Leute wie Plato ausgedrückt haben. All dieser Quatsch von dem ›hermaphroditischen Ganzen‹, das ist es nicht. Es ist viel einfacher.

Stell dir die Menschen als Zahlen vor. Einige sind Einsen, Zweien … Doch der Fehler, den alle begehen, besteht in dem Irrglauben, es gäbe nur eine einzige Nummer eins oder eine einzige Neunhundertundzweiundsechzig. Die meisten Gesellschaftsformen lehren uns, daß wir Individuen seien, wenn auch nur biologisch. Gut oder schlecht, es gibt kein zweites Wesen, wie wir es sind, auf dem Erdboden.«

»Und hat es auch nie gegeben!« sagte Clinton und schüttelte den Kopf.

»Stimmt, und hat es auch nie gegeben. Doch hier haben wir die Wahrheit, Ingram, und das ist der Grund, weshalb unsere Handflächen dieselben sind. Es gibt nur eine begrenzte Menge von Zahlen. Sagen wir mal tausend, der Einfachheit halber.

Gott schafft unterschiedliche Menschen, sicher, doch jeder von ihnen trägt eine bestimmte Nummer. Solang es Menschen auf der Erde gibt, sind diese Zahlen unverändert geblieben. Eins bis tausend. Doch zu jeder Zeit gibt es etliche Einsen, etliche Zweien …

Eine vollständige Seele, eine vollständige Nummer siebzehn zum Beispiel, wird von Gott in fünf Teile geteilt. Jeder hat seine eigene wichtige Funktion, wie die fünf Finger an einer Hand. Doch eine

Hand ohne sämtliche Finger ist unvollständig. Dasselbe gilt für die Seele.

Wir fühlen uns im Leben so oft verloren oder bedrückt, weil wir nur als ein Fünftel von einer ganzen Seele herumlaufen, allein durch die Welt treiben.

Der einzige Weg, Frieden zu finden, ist der, die anderen vier ›Ichs‹ zu finden, vier andere Nummern siebzehn, und uns mit ihnen zusammenzutun. *Deshalb* hat uns Gott diese Anzahl von Fingern und Zehen gegeben. Er wollte, daß unser Blick hundertmal am Tag darauf fällt und sie uns daran erinnern.«

Michael ließ sich zurücksinken, und Clinton ergriff das Wort.

»Neulich kamen Mike und ich darauf, warum ich auf diese Weise eingefroren bin. Weil man erstarrt, sobald man die Sache mit den fünf Teilen durchschaut. Ich war in Florida, als ich auf den Trichter kam, doch damals dachte ich, es wäre nur irgendso eine alberne Science Fiction-Vorstellung, und ging der Angelegenheit nicht weiter auf den Grund. Aber es ist die Wahrheit.

Man erstarrt in derselben Minute, in der man begreift, und wird erst wieder aus der Erstarrung erlöst, wenn man vier andere zusammenbekommt, die mit einem übereinstimmen, um ein Ganzes zu ergeben. Das heißt also, seit es Mike nun auch durchschaut hat, wird er so lange eingefroren bleiben, bis es uns gelingt, uns mit den anderen zusammenzutun. Für dich trifft dasselbe zu, Ingram. Ihr beide werdet so lange genau im jetzigen Zustand bleiben, bis wir alle fünf vereinigt sind. Was mich betrifft, ich bin Teenager geblieben. Ihr zwei seid wenigstens um einiges älter geworden.«

»Aber du hast mich doch darüber *aufgeklärt.* Ich bin nicht von selbst darauf gekommen, selbst wenn ich dir glaube.«

Michael nickte. »Das stimmt. Aber als ich die Erkenntnis hatte, wußte ich plötzlich auch, daß wir jeweils einem von ›uns‹ das Geheimnis verraten dürfen, ohne daß er es selbst herausfinden muß. Allerdings nur einem einzigen. Nachdem Clinton und ich uns beraten hatten, kamen wir zu dem Schluß, dich dafür auszuwählen.«

»Wie lautet unsere Zahl? Sechshundertsechsundsechzig?« Ironie liegt mir nicht besonders, doch ich hoffte, daß mir mit dieser Bemerkung etwas in der Art gelungen war.

»Das dürfen wir dir nicht verraten, Ingram. Das mußt du selbst herausfinden. Doch bald wirst du dieses Wissen erlangen, zusammen mit all den anderen Kräften. Jetzt, nachdem wir dir das erzählt haben, wird sich alles entscheidend verändern. Nicht wahr, Clinton?«

Der Junge schnaubte und blies in seine Bierflasche, wobei ein tiefes ›Tuuuut!‹ entstand.

Ich sah die beiden nacheinander an und leckte mir über die Lippen, bevor ich zum Sprechen ansetzte. »Eine vollständige Seele besteht also aus fünf Teilen. Jede Person hat eine Zahl oder eine Form oder eine Farbe oder was auch immer, doch nur wenige von uns erkennen das. Jene, die es erkennen, müssen sich aufmachen und ihre ... äh ... Komplementärzahlen finden. Habe ich das eigentlich richtig verstanden?«

Sie nickten.

»Wenn man jedoch nie hinter diese Sache mit den

fünf Teilen kommt, dann geht man durchs Leben und fühlt sich verloren?«

»Stimmt. Ingram, ich schwöre bei Gott, das ist die Wahrheit. Nachdem zwei es erkannt und sich zusammengefunden haben, ist ihnen gestattet, es *einem* weiteren zu sagen, der es noch nicht durchschaut hat. Das bist in diesem Fall du. Jetzt müssen wir noch die anderen beiden finden, damit wir vollständig sind.

Ich hatte immer gedacht, Clinton sei verhext oder etwas Ähnliches und verfolgte mich aus niederträchtigen Motiven.«

»Und ich hatte immer geglaubt, Mike hätte mich verhext und wollte mich aus dem Weg räumen. Deswegen hätte er Freundschaft mit mir geschlossen. Um mich fertigzumachen.

Aber weißt du, worauf wir vor einigen Tagen gekommen sind? Wir aßen zusammen zu Abend, nachdem es Mike gedämmert war, und plötzlich begriffen wir, wer Fanelli war.«

»Einer von unserer Gruppe? Ein Siebzehner?«

»Genau. Deshalb hat er andauernd auf Mike herumgehackt, und deshalb habe ich ihn schließlich umgebracht. Wir drei haben jeweils etwas in den anderen gespürt, das uns zum Wahnsinn getrieben hat, jeden auf seine Weise.«

»Das Problem ist, daß Clinton sagt, Fanelli sei der letzte gewesen, dem er von uns begegnet ist — bis jetzt.«

»Du meinst, bis zu mir?«

Michael schüttelte den Kopf. »Fast zwanzig Jahre lang hat er keinen anderen kennengelernt. Jetzt gibt es noch drei weitere, *einschließlich dir.*«

»Wer sind die anderen?« Bevor einer von den beiden etwas sagen konnte, durchzuckte mich ein Gedanke wie das Quietschen von Autoreifen vor einem Unfall. »Der Fleisch-Mann!«

»Genau.«

»Du hast ins Schwarze getroffen!«

»Wer ist der dritte?«

»Blair Dowling.«

»Das kann ich nicht glauben.«

»Das haben wir geahnt. Deshalb müssen wir dir etwas zeigen.«

»Was denn?«

»Eine Eisdiele.«

Ich habe schon erwähnt, daß Michael in der Gegend von Larchmont in LA wohnt, einem Teil der Stadt, der mir schon immer gut gefallen hat. Es gibt eine breite Straße, aus der dieses Viertel mehr oder weniger ausschließlich besteht, doch entlang dieser Straße gibt es Geschäfte, wie man sie aus der Kindheit in Erinnerung hat. Einen Friseursalon mit einer echten Drehreklame davor, einen Bücher- und Glückwunschkartenladen, der von netten alten Damen geführt wird, eine vollgestopfte Tierhandlung, in der es nur so zirpt und jault von den Vögeln und kleinen Hunden, die zum Verkauf ausgestellt sind. Wir aßen häufig dort zu Mittag und spazierten hinterher zum Ramschkaufhaus, um unterwegs unsere Post einzuwerfen oder einfach das Gefühl der fünfziger Jahre, das hier herrschte, in uns aufzusaugen.

Es gibt auch eine kleine Eisdiele in der Mitte des Stadtteils, in der man ziemlich gute Eisbecher bekommt.

Es war ungefähr halb elf Uhr nachts, als Michael vor diesem Laden anhielt. Keiner von uns rührte sich.

»Was soll ich mir ansehen?«

»Geh einfach hinein, Ingram. Du wirst es erkennen, sobald du drin bist.«

Ich sah die beiden an, und irgendwie hatten sie denselben Ausdruck im Gesicht, der besagte: *Jetzt kann es sich nur noch um Minuten handeln, bis du weißt, was wir tun, und es ist etwas sehr Erstaunliches.*

Ich stieg aus dem Auto und machte ein paar Schritte, dann hielt ich inne und blickte zurück zum Auto. Einen Moment lang herrschte Schweigen, dann steckte Clinton den Kopf aus dem Beifahrerfenster und sagte: »Du brauchst nichts weiter zu tun, als für zwei Sekunden hineinzugehen, dann wirst du schon sehen.«

»Und wenn ich nun gar nichts sehe?«

»Dann gebe ich dir eine Million Dollar.«

Ich überquerte den Gehsteig und öffnete die Tür. Ein zartes, freundliches Läuten einer Glocke begrüßte mich. Eins der Mädchen hinter der Theke lächelte und sagte: »Guten Abend.«

Ich wollte ihren Gruß soeben erwidern, als ich den Schimmer bemerkte, der sie umgab. Es war wie der ekstatische Augenblick, in dem einen der Zauber des nötigen Gleichgewichtsgefühl überkam, wenn man zum erstenmal auf einem zweirädrigen Fahrrad fuhr. Ich verstand, was der Schimmer, der diese junge Frau umgab, zu bedeuten hatte, ohne daß einer von uns etwas zu sagen brauchte. Er war bläulich und leicht flimmernd, wie Hitzespiegelungen auf einer sommerlichen Straße. Es hatte etwas Metallisches an sich und gleichzeitig etwas Sanftes, wie Samt oder Wildleder.

Wie als Beifallsbekundung für meine Wahrnehmung neigte sie kurz den Kopf und lächelte. Einen Moment später kamen zwei weitere vertraut wirkende Mädchen aus dem hinteren Raum des Ladens, mit der gleichen blauen Aura, dem gleichen Schimmer ... wie immer man es nennen wollte.

Ich stand da und betrachtete sie, als seien sie ägyptische Prinzessinnen, exotische Vögel, fleischgewordene Träume. Nicht, daß sie sich irgendwie auffällig benommen hätten. Die erste fragte mich nach meinen Wünschen. Als ich kein Wort herausbrachte, sahen sie einander an und kicherten.

»Ist es wahr?«

Die erste sagte nur. »Ja.«

»Wo sind die übrigen von euch? Die anderen beiden?«

»Im Kino. Sie haben heute abend frei.«

»Aber warum seid ihr *hier?* Es gibt doch so viele andere ...«

»Wir sind zu dem Schluß gekommen, daß wir, solang wir hier sind, die Menschen glücklich machen können. In Eisdielen scheint nichts als eitel Glück zu herrschen.«

Eine Familie kam herein; die aufgeregten Kinder rannten zur Theke, um das Dargebotene zu betrachten und auf die verschiedenfarbigen Geschmacksrichtungen zu deuten.

»Sie sind sicher, daß Sie nichts möchten?«

»Danke ...«

Die jungen Frauen wandten sich von mir ab und machten sich wieder daran, Glück zu verkaufen. Ich

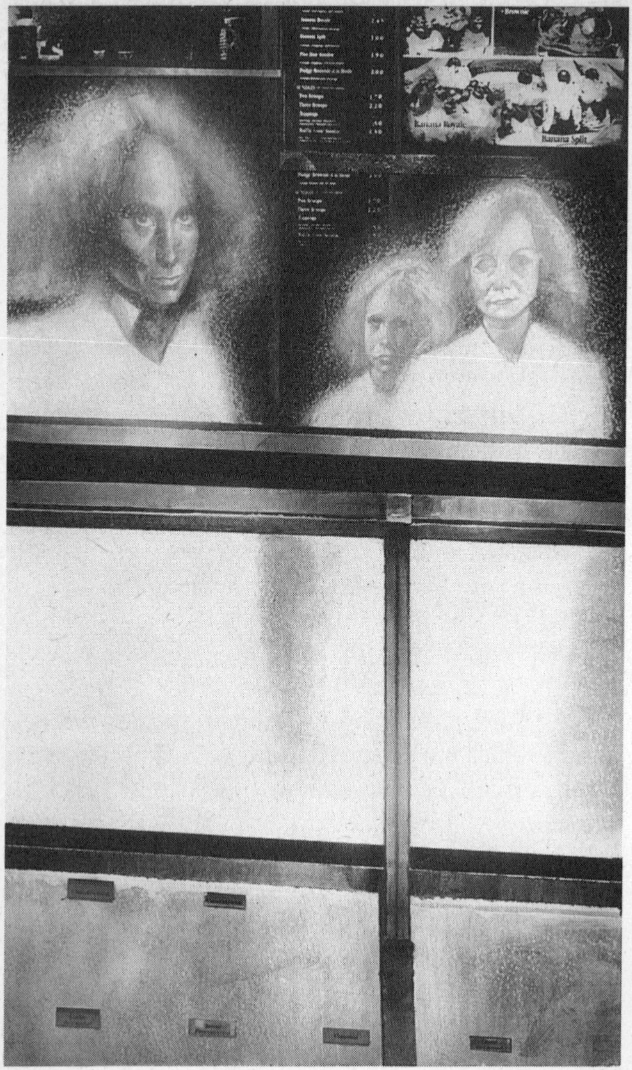
Banana Split

verließ den Laden; mein Gemüt stand in Flammen, und meine Hände (mit ihren fünf Fingern) waren kälter als Eiscreme.

»Und nun?«

Michael fuhr zu schnell, und Clinton steckte sich noch eine Zigarette an.

»Jetzt fahren wir zu Blairs Haus.«

»Aber ihr habt doch gesagt, sie weiß nichts davon, oder?«

»Stimmt, aber Clinton hatte eine sehr gute Idee, die ich ausprobieren möchte. Er meint, wenn wir gemeinsam in ihrer Gegend aufkreuzen und uns dort eine Weile aufhalten, wird unsere Anwesenheit bei ihr vielleicht die Erkenntnis auslösen. Es lohnt sich jedenfalls, es ein paar Tage lang zu versuchen.«

»Wie seid *ihr* auf Blair gekommen?«

Clinton drehte sich um und blies mir Rauch ins Gesicht. »Huch, Verzeihung! Als ich sah, daß du und Mike so häufig zusammen wart, beobachtete ich dich, um herauszufinden, wer du bist. Ich rief beim Sender an und erzählte denen, ich beabsichtigte, einen Fan-Club für *Ausgerastet* zu gründen, und wollte deshalb einiges über dich wissen. Alles mögliche. Als sie mir sagten, wo du zur Schule gegangen bist und so weiter, beschaffte ich mir ein Jahrgangsbuch von dort, und darin sah ich das Bild vom Abschlußball mit euch beiden. Und so weiter und so weiter. So einfach war das!«

»Und deshalb hast du mich neulich zu ihr hingeschleppt? In der Hoffnung, wir würden einander auf diese Weise erkennen?«

»Genau.«

»Was für ein Typ ist ihr Mann?«

»Er ist in vielem ähnlich wie du, nur eben nicht schwul. Er hat mit irgendwas 'nen Haufen Geld gemacht.«

»Aber er ... gehört nicht zu uns?«

»Nööö. Wenn Blair eine Siebzehn ist, dann ist er so ungefähr eine Achtzehn. Dicht dran, aber kein Volltreffer.«

»Und was ist mit dem Fleisch-Mann?«

Jedesmal wenn ich diesen Namen gebrauchte, lachten Sie.

»Das ist ein total Irrer. Aber das Problem ist, daß er einer von uns ist. Jetzt müssen wir also einen Weg finden, einen normalen Menschen aus ihm zu machen.«

»Warum suchen wir uns nicht einfach einen anderen ... Siebzehner?«

»Weil es so ist, wie Michael gesagt hat: Ich weiß um diese Dinge seit zwanzig Jahren, aber während der ganzen Zeit bin ich nur euch dreien begegnet. Es könnte sein, daß es irgendwo verstreut jede Menge Siebzehner gibt, ich weiß es nicht, aber die Welt ist ein verdammt weiträumiger Ort. Vielleicht gibt es Hunderte von uns in *Sansibar* oder so, aber wer reist dorthin und sieht nach? Wir haben jetzt fünf beisammen. Nun brauchen wir die Runde nur noch zu vereinen. Wir müssen sie aufwecken. Deswegen haben wir dich als ersten aufgeklärt. Diese Blair dürfte kein so harter Brocken sein. Der Fleisch-Mann macht mir allerdings Sorgen.«

»Walden Drive heißt die Straße, stimmt's, Clinton?«

»Walden, stimmt.«

»Ich kann mich überhaupt nicht über dieses Schimmern beruhigen. Dieses Blau! So sehen wir also aus, wenn wir zusammen sind?«

»Mehr oder weniger. Ich habe erst ein paarmal vollständige Gruppen gesehen. Einmal war es in Talladega, und das waren ...«

Plötzlich rannte etwas, *jemand* Großes vor unserem Wagen in buckeliger Haltung über die Straße. Höchstens drei Meter von uns entfernt. Die Person hielt für einen Augenblick im Licht unserer Scheinwerfer inne und sah in unsere Richtung. Das Erschreckendste an dem Anblick war, daß es sich um eine Frau handelte. Vielleicht zweihundert Pfund schwer, mit einem dickknolligen Gesicht und einem Wust von leuchtend rotem Haar. Obwohl es ausgeschlossen war, daß Michael sie anfahren würde, trat er auf die Bremse und brachte den Wagen schleudernd mit einem Satz zum Stehen. Die Frau huschte sehr schnell davon. Zu schnell.

»Hast du die roten Haare gesehen, Mike? Erinnerst du dich an diese Haare? Du heilige Scheiße!« rief Clinton, während er bereits die Tür aufstieß und hinaussprang.

»*Eddie?* Dieses Wesen war Eddie?«

»'türlich war das Eddie! Klar, sie ist es, Mike! *Du* hast mir doch erzählt, daß sie in der elften Klasse durchgedreht ist. Und wir waren alle zusammen in der Schule und wußten nichts davon! Fanelli, du, ich, Eddie. Vier! Das sind schon vier! O verdammt, damals hatten wir keine Ahnung!« Clinton schlug mit der Faust wütend auf die Motorhaube des Wagens und machte sich an die Verfolgung des abscheulichen Buckelmonsters.

Ich kurbelte die Fensterscheibe herunter. Wovon sprachen sie? Von wem? Die Luft war zum Ersticken dick und angefüllt mit dem Gestank von Rauch. Michael sah Clinton nach, dann drehte er sich schnell um und stieg wieder ins Auto.

»Was geht hier vor, Michael? Wer war das?«

»Dein Fleisch-Mann, nur daß es eine Fleisch-*Frau* ist. Wir kennen uns von der Schule. Sie kam von Blairs Haus, und deine Freundin steckt in großen Schwierigkeiten.«

»Warum? Warum soll Blair leiden?«

Er fluchte und sprach sehr schnell. »Erinnerst du dich an die Sache mit der Muschel? Dieser Teil ist wahr. Wenn einen die Erkenntnis überkommt, findet man eine Muschel in der Tasche. Doch vielleicht sträubt sich das dunkle Fünftel in uns dagegen, seine Muschel zu finden. Besonders unser dunkler Teil! Er sträubt sich gegen die Entdeckung, daß er nur *Teil* eines Ganzen ist. Wir hatten nie damit gerechnet, daß jemand dahinterkommen und dieses Wissen *hassen* könnte. Und folglich auch die anderen Teile hassen würde, weil sie ihn zu etwas Geringerem machen. Eddie Devon! Eddie Devon wird uns allen das Leben zur Hölle machen!«

Wir sahen den Rauch, noch ehe wir den Walden Drive erreichten. Blairs Haus war ein blühender, brennender Strauß aus gelben Flammen. Irgendwo schrie jemand. Es gab eine Explosion, dann folgte das Krachen und Knistern dessen, was noch übrig war.

In Ermangelung eines besseren Zeitvertreibs streckte ich die Fühler ins Reich der Toten aus und kitzelte meinen Vater. Er konnte es nicht leiden. Seine Leiche lag noch genauso da wie damals, als ich ihn das letztemal gesehen hatte, bei seiner Beerdigung. So feierlich. So endgültig aussehend. Die Augen ganz sacht geschlossen, so daß man den Eindruck hatte, sie könnten sich jeden Moment öffnen, der Mund so gerade wie ein Lineal, die Wangen immer noch mit einem Hauch von Pfirsichröte bedeckt.

Er war immer schon kitzelig gewesen. Man konnte ihn anfassen, wo man wollte, immer mußte er lachen. Doch wenn man seine Rippen berührte, dann war es vollkommen um ihn geschehen. Selbst im Tod machte er einen Satz, und seine kalten Hände fuhren hoch und griffen nach meinen, damit ich aufhörte. Selbst im Tod.

Man kann solche Dinge treiben, wenn man ›angeschlossen‹ ist. Wenn man erst mal Teil des Ganzen ist, mit den anderen vier verbunden, dann ergeben sich Fähigkeiten und Einsichten. Natürlich ist das Kitzeln von Toten keine der wichtigen Errungenschaften, doch als ich hörte, daß das möglich ist, mußte ich es ausprobieren. Die anderen waren sehr angetan davon. Wir genossen seine Verwirrung. Wir genießen jedermanns Verwirrung.

Übrigens gibt es nicht viele Gelegenheiten, etwas zu genießen. Wer hat behauptet, Wahrheit macht frei? Als Eddie Devon vor zwanzig Jahren die Wahrheit über ihre inzestuöse Familie erfuhr, trieb es sie in den Wahnsinn. Es trieb sie in ein Heim und zu einem Gewicht von zweihundert Pfund und zu der Art von menschlichem Wesen, das anderer Leute Wände mit Scheiße beschmiert. Als Clinton Deix die Muschel in seiner Tasche fand und erkannte, daß er nur der fünfte Teil eines Ganzen war, machte er sich nicht auf die Suche nach Gott oder seinen anderen Fünfteln — er wurde Strichjunge. Er sagt, daß er nicht begreift, warum das so ist. Eddie sagt gar nichts. Aber wir haben darüber gesprochen und sind zu dem Schluß gekommen, daß die beiden wahrscheinlich etwas gespürt haben, das dem Rest von uns vorenthalten geblieben ist. Etwas, das sie davon abhielt zu erzählen, was sie wußten. Vor allem Eddie. Sie kämpfte mit allen Mitteln dafür, sich von uns fernzuhalten, die Verbindung nicht zustande kommen zu lassen. Ihr Zorn und ihre Täuschungsmanöver waren großartig. Ich wünschte jetzt nur, sie wären erfolgreicher gewesen. Sie kämpfte mit allen Mitteln, um sich uns zu entziehen, doch letzten Endes fingen wir sie ein und brachten sie in unser Lager, wie ein tobendes Dschungeltier, das mit dem Kopf nach unten an einem Stock hängt. Selbst nachdem wir sie in die Eisdiele gezerrt hatten, um ihr diese anderen fünf in ihrem himmlisch blauen Schimmer zu zeigen, brüllte sie und spuckte und tat alles, was sie konnte, um dagegen anzukämpfen, daß wir uns mit ihr verbanden. Aber wir haben ›gewonnen‹.

Ich erinnere mich an den Augenblick, als es geschah, an den Ausdruck puren Triumphes auf unseren Gesichtern — Billa, Blair, Clinton, ich. Ich dachte: mein Gott, wir alle haben den gleichen Gesichtsausdruck — wie wird es erst sein, wenn wir *verbunden* sind? Werden wir ebenfalls blau schimmern, oder wird es vollkommen anders sein? Jede Farbe hat ihre eigene Schönheit. Ich liebte das Blau dieser Menschen und beneidete sie darum, doch was wäre, wenn unsere Farbe, nachdem wir erst einmal verbunden wären, die ihre noch überträfe? Wenn sie über den Rand des Spektrums, über das Weiß hinausschwebte, alles Vorstellbare hinter sich ließe? Wir hatten zwei Jahre mit Warten verbracht. Wir hatten gewartet, bis Blairs Brandwunden verheilt waren und bis sie begriff, um was es uns ging. Dann hatten wir einen Plan ausgearbeitet und durchgeführt, um den ›Fleisch-Mann‹ in eine Falle zu locken und sie zu zwingen, sich uns anzuschließen. Das und andere Dinge hatten zwei Jahre in Anspruch genommen, doch die Verbindung war in weniger als einer Sekunde vollzogen.

Wie wir schrien! Wie wir weinten, als wir die Qualen *unserer* Wahrheit erkannten, die Abscheulichkeit unserer Farbe. Jeder möchte in den Himmel kommen, jeder möchte in himmlischem Blau schimmern. Doch die Wahrheit ist nicht gerecht oder rücksichtsvoll. Und es gibt eine große Anzahl von uns, die, wenn sie ihre Farbe gefunden haben, darin eher verbannt als willkommen sind.

NACHWORT

Künstleralltag und göttliche Visionen
Werk und Leben Jonathan Carrolls

von

FRANK DUWALD

Die Unternehmung Ingram Yorks, Clinton Deix', Michael Billas und der beiden anderen ist gelungen. Sie sind zum göttlichen Fünfgestirn fusioniert. Jedoch erfüllt *diese* Kollektivseele nicht ganz den erwünschten Anspruch. In ihrer Gesamtheit bilden die fünf nichts anderes als einen unheilvollen schwarzen Cocktail.

Klingt neurotisch? Jonathan Carroll ist der Meinung, das Schreiben selbst sei das Ergebnis einer Neurose: »Ich glaube nicht, daß es das Resultat eines friedvoll-häuslichen Lebens in einem behaglichen Wohnzimmer des Unterbewußtseins ist. Du willst veröffentlicht werden, anerkannt werden, und du willst, daß die Leute sagen ›dieser Typ ist bedeutsam‹. In Wirklichkeit aber, wenn du am Beginn stehst, bist du nicht bedeutsam. Du kopierst Salinger oder King oder wen auch immer. Du veränderst dich erst, wenn du weitermachst.«[1]

Der Mann, der das sagt, hat *damit* heute keine Probleme mehr. Er hat, und das von seinem ersten veröffentlichten Roman *The Land of Laughs* (Das Land des Lachens) an, seine eigene Stimme gefunden, seine Bücher werden inzwischen gekauft, und die Kritiker verhalten sich schon seit langem sehr wohlwollend. Aber über Neurosen hat Carroll trotzdem viel zu erzählen, bislang in mehreren Romanen und Kurzgeschichten.

Jonathan Carroll ist als Schriftsteller eine Ausnahmeerscheinung. Nicht nur, daß er als Amerikaner seit vielen Jahren in Wien lebt, hebt ihn so drastisch von seinen Landsleuten ab, seine Bücher und Kurzgeschichten sprechen auch diese vollkommen eigene Sprache. Zumeist handeln sie von netten, gebildeten, kultivierten und beruflich erfolgreichen Menschen, die ihr bisheriges Leben mit außergewöhnlich geschärftem Blick bewerten und verzweifelt nach all den unerreichten Schönheiten irdischer Existenz greifen, die ihnen jedoch nie vollends vergönnt sind. Gewöhnlich plappern sie in der ersten Person über ihre Träume und Sehnsüchte, ganz so, daß ihre Stimmen geisterhaft in unseren Ohren nachhallen. Mir persönlich boten diese Bücher eine traumähnliche Erfahrung. Trotz mehrmaligen Lesens, bemerkte ich, daß sich zahlreiche Mosaikstückchen der komplexen Gesamtheit schon nach kurzer Zeit wieder in seltsam nebulose Schwaden verflüchtigten. Bei jeder wiederholten Lektüre glaubte ich etwas zu entdekken, das ich zuvor nicht gelesen hatte, obwohl ich mir grundsätzlich Mühe gebe, ein gewissenhafter Leser zu sein. Eine nie zuvor erlebte literarische Erfahrung.

Jonathan Carroll hat von Beginn an die einfache Formel verstanden, die große Literatur signalisiert: »Der einzige reale Schrecken ist die Qual oder der Tod geliebter Menschen.«[2] Nicht anders sind seine Romane konstruiert. Mit ungewöhnlicher Hingabe baut Carroll eher zu Lasten eines ereignisreichen Plots seine Charaktere auf, die schon bald derart reale Formen annehmen, daß man sie sich zuweilen zu Freunden wünscht. »Ich mag es, Charaktere zu kreieren, denen wir liebend gern beim Erzählen zuhören oder möglicherweise beim Dinner Gesellschaft leisten würden«[3], erklärt Carroll in wenigen treffenden Worten seine Rezeptur. »Ich bin einer von diesen Autoren, die gewöhnlich eine Geschichte mit einem Charakter vor Augen beginnen und ihn dann in eine bestimmte Situation versetzen.«[4] Über dieses atmende Personal erreicht Carroll uns Leser an einem sensiblen Punkt. Ist die Freundschaft zwischen Leser und Romanfigur erst geschlossen, hat Carroll alle Fäden in der Hand und kann allein entscheiden, wann gelacht und wann geweint wird.

Dies erklärt auch gleichzeitig die Ebene, auf der sein Werk funktioniert. Ein warmherziger — vornehmer, um Carrolls Worte zu gebrauchen — Erzählstil, mit beinahe sichtbaren Konturen geschaffene Charaktere, und eine behutsam beginnende Geschichte, die in ihrer ersten Hälfte mit sprühendem Humor und Esprit die Alltäglichkeiten des Lebens im zwanzigsten Jahrhundert widerspiegelt, dann jedoch zunehmend verunsichernd surreale Züge annimmt und letztlich sämtliche Mauern der Realität einstürzt und die ahnungslosen Menschen in ein Netz aus Magie und Paranoia manövriert. Spätestens dann hat Carroll die Struktur unserer realen Welt derart zersetzt, daß sogar Auftritte sprechender Hunde, fliegender Kinder und der Schöpfungen der Brüder Grimm möglich sind. Ein Magazin titulierte Carroll deshalb äußerst treffend als ›bösen Märchenonkel‹[5], eine Bezeichnung, die natürlich nur eine Facette Carrolls trifft. »Es mag gemein sein, aber ich möchte den Leser schlagen, wenn er ein Streicheln oder derlei erwartet«[6], und das beherrscht Carroll meisterhaft.

Seit *Bones of the Moon* (Laute Träume) schreibt Jonathan Carroll hauptberuflich, zu Lasten seiner Lehrertätigkeit an der Wiener American International School. Die literarische Vergangenheit reicht jedoch wesentlich weiter zurück. Bereits als Student übte er sich im Zuge von *creative writing*-Lehrgängen an Lyrik und Kurzgeschichten, eigenen Angaben zufolge bedeutungslosen Plagiaten. 1972, inzwischen selbst Lehrerstatus erhalten, reichte sein Ehrgeiz soweit, einen ersten Roman, *Looney Tunes*, zu verfassen, dem 1974/75 die Arbeiten am zweiten Roman *Popeye Money* folgten. Für beide Werke interessierte sich kein Verleger, so daß sie bis heute unveröffentlicht blieben. Jetzt, da Jonathan Carroll keine Schwierigkeiten mehr hätte, seine beiden Frühwerke, die er selbst als eher realistische, ›mit schwarzem Humor durchsetzte‹[7] Geschichten einordnet, zu veröffentlichen, hat er das Interesse daran verloren. Auf meine Frage, ob er eine Chance sehe, daß ich sie jemals lesen könne, antwortete er: »Ja. Wenn ich tot bin.« Trotzdem gab er kürzlich einen Auszug aus *Looney Tunes* unter dem Titel ›The Discovery of Running Bare‹ als Kurzgeschichte zum Abdruck frei.

Obwohl immer noch einer Reihe von Vorbildern verhaftet, kann Carrolls erster veröffentlichter Roman *The Land of Laughs* (1980) als in sich völlig eigenständig und neuartig eingestuft werden. Das Buch stand jedoch von vornherein auf verlorenem Posten. Der US-Verlag Viking plazierte *The Land of Laughs* in seinem literarischen Programm, und trotz einiger wohlwollender Kritiken ging das Buch vollends unter. Selbst Viking-Hausautor Stephen King — bekannt für seine sorglosen Lobeshmynen auf Buchumschlägen — äußerte sich nicht, als man ihm die Druckfahnen zusandte. Eine Reaktion erfolgte erst auf die Taschenbuchausgabe. In einem inzwischen legendären Brief an Jonathan Carroll schrieb King: »Mann, habe ich die Scheiße auf einmal hinuntergeschlungen. Ich erinnere mich nicht mehr, wann mich ein phantastischer Roman zuletzt so umgeworfen hat — es war ein bißchen, als lese man *Der Fänger im Roggen,* hätte ihn C. S. Lewis geschrieben.«[8]

Dabei stellt *The Land of Laughs* die Genesis zu Carrolls gesamtem späteren Werk dar. Der Charme und Humor, die beschwingend-spannende Vorgeschichte, die den Leser völlig im unklaren läßt, was ihn erwartet, und schließlich das Umschlagen in ein sinistres Melodram, begleitet von stark märchenhaften Komponenten, sind inzwischen Carrolls Erkennungszeichen geworden. Die witzige und menschliche Geschichte des Thomas Abbey, der seinem toten Idol, dem Kinderbuchautor Marshall France, nachjagt um dessen Biographie zu schreiben und damit einige der unheimlichsten Prozesse in der modernen Literatur in Gang setzt, muß bereits einen Nerv getroffen haben, denn unter Kennern erlangte sie rasch Kultstatus.

Das Buch resultiert in sehr weiten Teilen auf Erfahrungen und Vorlieben seines Schöpfers. So inspirierte ihn Saul Bellows Erzählung ›The Gonzaga Manuscripts‹ (Gonzagas Manuskripte) zur Basishandlung, die durch Carrolls persönliche Vorliebe für Bullterrier und Füllfederhalter autobiographisch angereichert wurde. Den Titel entlieh Carroll einem chinesischen Restaurant, und die amerikanische Kleinstadt Galen schließlich basiert auf der realen Stadt Times Beach, Missouri, in der Carroll ein Jahr lang lebte. Die Tatsache, daß Times Beach heute wegen einer Dioxinverseuchung eine Geisterstadt ist, zählt vermutlich zu Carrolls Lieblingsanekdoten.

The Land of Laughs beschäftigt sich mit der Wirkung, die ein Kunstwerk auf seinen Liebhaber ausübt und umgekehrt. Denn genau letzeres geschieht. Für Thomas Abbey ist Marshall France zu Lebzeiten Autor von Kinderbüchern ›wie *Das Land des Lachens* und *Der Sternenteich,* die mir im Laufe meines dreißigjährigen Lebens immer wieder einmal geholfen hatten, nicht den Verstand zu verlieren‹[9]. Abbey vertieft sich solange in die Biographie, bis sein Idol zu gespenstischem Leben erwacht. In einem Essay schrieb Carroll dazu: »Ein Teil meines Romans handelt vom Wunder und dem Bedrohlichen der Schöpfung. Es befaßt sich mit der Frage künstlerischer Errungenschaft: Ist der größte Schriftsteller auch ein großer Alchimist, dazu fähig, die Worte auf einer Seite in einen Mann mit blauem Hut zu verwandeln, der tatsächlich an Ihre Tür kommt? Jeder Leser, der nach einem Buch greift, bringt sich in Schwierigkeiten. Wenn es ein gutes Buch ist, betritt er eine Welt, die er nicht beherrschen kann, und die ihn mit Staunen, oft aber mit großer Traurigkeit zurücklassen wird. [...] Ich habe versucht zu zeigen, daß sich in der Literatur wie im Leben dieselben Dinge, die uns erfreuen, auch gegen uns wenden können und uns verletzen oder Furcht einjagen, und zwar endlos.«[10]

Die Thematik der Fleischwerdung von Wunschvorstellungen windet sich wie ein roter Faden durch Carrolls Gesamtwerk. So herrscht der Drang, die Realität durch Wunschdenken auszuschalten in einigen Kurzgeschichten geradezu exemplarisch vor. In ›Florian‹ (1983) ist es das Ehepaar, das den Tod des geliebten Sohnes zu verkraften hat. Der Vater ist Schriftsteller. Er erkennt, daß die Gram im Wahnsinn enden wird, also wendet er die Tragödie ab, indem er Wirklichkeit und Fiktion einfach austauscht. Auch das von einem Stottern belastete Mädchen Heidi projiziert in der Kurzgeschichte ›The Panic Hand‹ (1989, Die panische Hand) ihre Wunschvorstellungen in die Realität hinein. Es scheint die Aufgabe des namenlosen Erzählers zu sein, Heidi während ihrer gemeinsamen Zugfahrt klarzumachen, daß sie ihr perfektes Wunschbild gar nicht nötig hat, denn auf ihn wirkt die verklemmte Stotterin Heidi höchst interessant.

Diese immer wiederkehrenden Grundtendenzen, die ständig aus anderen Perspektiven ausgereizt werden und eine beeindruckende Werkkontinuität entstehen lassen, reizen mich natürlich zu der Frage, in wie weit die Fiktionen Carrolls autobiographisch nutzbar sind.

»Niemand weiß irgend etwas über mich«[11], wehrt Carroll Interviewer schon mal ab. Zweifelsohne gefällt er sich ein wenig in der Rolle des geheimnisvollen Künstlers: »Zurückgezogen lebende Schriftsteller à la Salinger, Pynchon, B. Traven haben mich immer fasziniert. Die Vorstellung, daß man seine Arbeit so gut tut, wie man es eben kann, und dann sagt, ›zum Teufel mit dem verdienten Fanfarenklang, der die Veröffentlichung begleitet‹, kommt mir irgendwie ... heldenhaft vor in diesen Tagen der Autorenlesetourneen, Zillionen von Dollar Einnahmen für Nebenrechte und so weiter«[12], bestätigt Carroll. Ihm nimmt man das auch ab, denn er treibt das Spiel nicht bis zum Exzess. Er gibt Interviews, redet über seine Einflüsse und Motivationen, will jedoch sein Privatleben aus dem Geschäft heraushalten, so gut es geht. Er hat einen tapferen Kampf mit seinen britischen Verlegern ausgefochten, um zu verhindern, daß eine ausführliche Biographie die Klappentexte seiner Bücher füllt. So ist außer dem erstaunlichen Satz ›Jonathan Carroll lebt in Wien‹ dort nicht das Geringste über ihn zu finden, so daß sein Werk tatsächlich allein für sich sprechen muß. Die wichtigsten Daten ließen sich trotzdem in Erfahrung bringen.

Jonathan Carrolls Biographie ist geprägt von zahlreichen Umzügen durch die USA und dem Umgang mit berühmten Persönlichkeiten. Er wurde am 26. Januar 1949 als Sohn des Drehbuchautors Sidney Carroll und der Musical-Komödiantin June Carroll (z. B. *New Faces of 1952*) in New York City in eine jüdische Familie hineingeboren. Die religiöse Zugehörigkeit der Familie Carroll ist dabei ziemlich durchmischt: Jonathan Carroll, seine Mutter und seine Schwester wuchsen als Szientisten (nicht zu verwechseln mit der Scientology-Sekte) auf, sein Halbbruder, der bekannte Jazzkomponist Steve Reich, ist orthodoxer Jude, und sein anderer Bruder ist gläubiger Sufi. Carroll erinnert sich daran, daß er in seiner Kindheit im gelben Haus wohnte wie Lauren Bacall, und auch an Ray Bradburys Wohnung, die er einmal mit seinem Vater aufsuchte, hängen Reminiszenzen.[13] Den Großteil seines jungen Lebens verbrachte Jonathan Carroll mit seinen Eltern in Dobbs Ferry, einer kleinen Stadt, etwa eine Stunde vom Hudson River Valley Manhattans entfernt. Dort entwickelte er sich immer mehr zum Jugendkriminellen, ›weil jeder andere in meiner Familie solch ein Glühwurm war‹[14], bis ihn seine Eltern 1964 auf ein strenges Internat, der Loomis School in Windsor, Connecticut schickten, wo er langsam ein Interesse für Literatur entwickelte. Später studierte er an unterschiedlichen Stätten in den USA und errang nacheinander einen B.A. und einen M.A. in englischer Sprache, 1971 heiratete er die Malerin Beverly Schreiner.

Seine anschließende Suche nach einer Lehrertätigkeit rang ihm die Entscheidung ab, sich entweder in Beirut, Teheran oder Wien häuslich niederzulassen. Natürlich fiel die Wahl auf Wien, wo er jetzt bereits seit Mitte der siebziger Jahren ansässig ist, eine Entscheidung, die Carroll bisher nicht bereut hat: »Wenn ich hier mit der Straßenbahn fahre, muß ich nicht zuhören, sondern kann mich einfach meinen eigenen Gedanken widmen, da ich die Sprache ja sowieso nicht perfekt beherrsche. Das Leben hier erleichtert vieles für mich.«[15] Von einem Zwangsdomizil kann also kaum die Rede sein. »Wien ist die letzte Stadt der Dreißiger in Europa. Was ich an ihr liebe, ist, daß sie vornehm ist, ... das ist das richtige Wort: vornehm. Sie rühren sich Sahne in den Kaffee, und du kannst einfach spazierengehen. Wien ist ein Ort, wo ich mich nicht darüber zu beunruhigen brauche, daß meine Frau nachts mit dem Hund ausgeht und mein Sohn allein zur Schule geht. Ich denke, das ist die Art, wie wir leben sollten, und ich glaube nicht, daß Amerika auch nur irgend etwas davon hat.«[16]

Die Sichtweise, die Carroll von Wien hat, läßt sich anhand seiner Romane sehr gut nachvollziehen. Bereits sein zweiter veröffentlichter Roman *Voice of our Shadow* (1983, Die Stimme unseres Schattens) rückte Wien entsprechend in den Vordergrund. Wenn *The Land of Laughs* die durchaus köstliche Chronik einer in symphatischer Weise etwas lächerlichen Person mit Profilproblemen war, so ist *Voice of our Shadow* die grüblerische Aufbereitung eines düsteren Kindheitstraumas. Ein britischer Kritiker bezeichnete *Voice of our Shadow* als die ›möglicherweise paranoideste Lektüre der letzten zwanzig Jahre‹[17]. Daß Carroll etwas von geistig verirrten Menschen versteht, läßt sich auch in seiner Kurzgeschichte ›Tired Angel‹ (1969) nachlesen. Darin reicht es dem Voyeur nicht, sein Objekt, eine junge Frau, die nackt fernzusehen pflegt, nur zu beobachten. Er erliegt dem Zwang, eine tiefere und verhängnisvollere Beziehung aufzubauen.

Joe Lennox aus *Voice of our Shadow* fehlen solche abartigen Züge vollends. Er ist ein schüchterner, symphatischer junger Mann, dessen schlimme Kindheit ihm unausweichliche Komplexe aufgebürdet hat. Dieser einsame Mensch macht in Wien die Bekanntschaft eines lebensfrohen Ehepaars, dessen Präsenz einen unschätzbar positiven Einfluß auf ihn ausübt. Doch wie erschütternd ist es mitanzusehen, wie Lennox, gelenkt durch seine Schuldkomplexe, diese wunderbare Beziehung unweigerlich zugrunde richtet und selbst als phantasierendes Wrack endet, welches aus Angst und Unsicherheit alles falsch gemacht hat.

Carrolls eher bewegungslose Situation als Schriftsteller erfuhr 1987 durch die Publikation des Romans *Bones of the Moon* die längst fällige Wende. Dieses Buch, nun zuerst in Großbritannien verlegt, konnte endlich ein größeres Publikum ansprechen, das sich insbesondere in Deutschland und Frankreich rasch ausweitete. Der sich langsam entwickelnde Erfolg kam nicht zuletzt dadurch zustande, daß Carroll jetzt besonders von der Fantasy- und Horror-Fachpresse wahrgenommen wurde, einer Entwicklung, der Carroll nicht gerade begeistert entgegensieht, da er seine Werke völlig zurecht als etwas völlig eigenständiges ansieht, das sich nicht durch Genreschubladen erfassen läßt. Tatsächlich bot ihm kürzlich ein Buchredakteur eine große Summe Geld für einen geradlinigen 500-Seiten-Horrorroman, was Carroll natürlich ablehnte: »Wenn ein Typ über Kokosnüsse schreibt und jemand ihm eine Menge Geld bietet, um über Bananen zu schreiben, wird er wahrscheinlich seinen Job ganz anständig erledigen, aber er wird das Buch nicht so gut schreiben, wie der Typ, der Bananenbücher schreibt.«[18] So sieht sich Carroll denn auch lieber in Verwandtschaft mit den lateinamerikanischen Autoren des magischen Realismus wie Julio Cortazar und Gabriel Garcia Marquez.

Bones of the Moon entfachte überraschenderweise eine unverhältnismäßig erregte Kontroverse. Carroll mußte sich für seine in der Ich-Form aus der Sicht einer Frau erzählten Geschichte in Briefen beschimpfen lassen und sogar den Faustschlag eines erbosten Lesers einstecken. Dabei ist *Bones of the Moon* die außergewöhnlich einfühlsame Studie der seelischen Konsequenzen einer Abtreibung. Die Geschichte läßt jedoch derart abweichende Deutungen zu, daß Carroll hier unmöglich ein Pro- oder Contra-Standpunkt zur Abtreibung zur Last gelegt werden kann. *Bones of the Moon* ist der emotionale Erlebnisbericht der attraktiven, aber nicht drüber hinwegtäuschend zutiefst verletzten jungen Frau Cullen James, deren Träume die fortlaufende, stark von kindlichen Symbolismen durchdrungene Geschichte von Pepsi, ihrem abgetriebenen Sohn, erzählen, was sie in immer aberwitzigere Theorien hineinsteigert.

Eine Geschichte aus der Sicht einer Frau zu erzählen, bereitet Carroll, wie er sagt, keinerlei Probleme. Besonders in den neueren seiner Kurzgeschichten hat er diese Tradition beeindruckend weitergeführt. ›The Sadness of Detail‹ (1989, Die Traurigkeit liegt im Detail) und ›The Dead Love You‹ (1989, Die Toten lieben dich) lassen überzeugende Frauenfiguren in der ersten Person zu Worte kommen.

In seinem 1988 veröffentlichten Roman *Sleeping in Flame* (Schlaf in den Flammen) konnte Carroll der Versuchung nicht widerstehen, den Filmregisseur Weber Greggston, eine Nebenfigur aus *Bones of the Moon,* zu reaktivieren. Diese Vorgehensweise weitete Carroll in den nachfolgenden Geschichten noch aus. Carroll hat den voraussichtlichen Rahmen auf ein Roman-Sextett völlig in sich abgeschlossener Geschichten mit übergreifenden Charakteren plus einiger Kurzgeschichten und Novellen (denen auch *Black Cocktail* angehört) angelegt. Nach dem Vorbild der ›Deptford‹-Trilogie des Kanadiers Robertson Davies entsteht so eine imaginäre Landschaft, dessen Charaktere immer schärfere Konturen erlangen, da wir ihnen jetzt aus den unabhängigen Blickwinkeln verschiedener Erzähler begegnen dürfen. Dies zeigt, wie wichtig Carroll seine Figuren in der Tat sind, wie grenzenlos sein Interesse an Menschen sich darstellt: »Wenn man ein Buch liest, und es liebt, bedauert man es, wenn es endet. Zum Teil liegt der Grund des Bedauerns darin, daß man einen Freund verliert. Ich meine das aufrichtig: Ich wünsche mir herauszufinden, was mit ihnen geschieht. Sie sind meine Freunde, ich möchte sie im Auge behalten.«[19] Trotzdem halte ich diese Serie in ihrem Grundaspekt für nicht immer gelungen. Insbesondere in den Romanen *Sleeping in Flame* und *A Child Across the Sky* (Ein Kind am Himmel) entspringen die Charakterisierungen allesamt dem Bild des Carroll'schen Archetyps. Sie unterscheiden sich nicht etwa durch Exzentritäten oder dumme Angewohnheiten voneinander. So ist es höchst enttäuschend, die herrlich geschilderte Figur des Weber Greggston — in *Bones of the Moon* pendelt er noch zwischen dem arroganten Macho und dem trotteligen Verliebten — in *A Child Across the Sky* in der Carroll-Schablone gefangen zu sehen.

Sleeping in Flame ist mehr noch als *Voice of our Shadow* Carrolls verzückte Verbeugung vor Wien. Schon bald ist man diese Stadt zu riechen, zu schmecken und zu fühlen in der Lage. Diese literarische Erwekkung einer mystisch-realen Stadt zeigt Jonathan Carroll ohne Zweifel auf der Höhe eines Mark Helprin, der mit *Winter's Tale* (Wintermärchen) die Vorhut bildete.

Die magisch aufgeladene Atmosphäre in *Sleeping in Flame* wird erneut durch die Augen eines Amerikaners, Walker Easterling, transferiert, der sich ausgerechnet immer tiefer in die Märchenwelt von ›Rumpelstilzchen‹ verstrickt sieht.

»Es war eine seltsame Zeit, als ich an dem Buch arbeitete. Am Schwechater Flughafen wurden Menschen von Terroristen niedergemetzelt. In Tschernobyl wurde ein Reaktor undicht. Ich las gerade Grimms Märchen und begegnete andauernd einem alten Mann auf einem Fahrrad mit einem eisgrauen

Bart. Dann stellte ich mir folgende Frage: Was passiert, wenn jemand seinen perfekten Liebhaber gefunden hat, die Welt jedoch all dies Glück nicht vertragen kann?«[20]

A Child Across the Sky (1989) ist Carrolls Abrechnung mit der Horrorfilmindustrie. Carroll lotet hier erneut die erstaunliche Kraftreserve eines Kunstwerkes aus. Obwohl Weber Greggston immer versucht hat, seine Arbeit als Regisseur mit ehrlicher Haut zu leisten, muß er am Ende erkennen, daß ihn die Sucht nach sensationellen Bildern längst verschlungen hat. *A Child Across the Sky* leitete gleichzeitig — so scheint es — eine Reihe von Geschichten ein, die sich verstärkt mit religiösen Gedanken befassen. In *A Child Across the Sky* ist es der Engel Pinsleepe, der die eigentlichen Geschicke lenkt, und auch in *Black Cocktail* sind die Wege der Menschen durch metaphysische Regeln geleitet. Jonathan Carrolls immerwährendes Interesse an Gott fand auch seinen Einzug ins Kurzgeschichtenwerk. ›The Sadness of Detail‹ zeigt das Bild eines senilen Gottes, dessen Erinnerung an sein eigenes Werk langsam zu verblassen droht. Ausgerechnet eine seiner Schöpfungen, eine Menschenfrau, muß sein Andenken wahren.

Auch in seinen weiteren Kurzgeschichten ist Carroll nicht nur auf festgelegte Konzepte fixiert. Ein Dutzend davon wurde 1989 (bisher ausschließlich im deutschen Sprachraum) in dem Band *Die panische Hand* gesammelt herausgegeben. Sicherlich sind Episoden wie ›The Jane Fonda Room‹ (1982, Der Jane-Fonda-Saal) oder ›A Bear in the Mouth‹ (1989, ›Lauf dem Bären in den Schlund‹) reine Pointenerzählungen; im Gegensatz dazu wachsen jedoch, um einige

Beispiele zu nennen, ›Florian‹ und ›Friend's Best Man‹ (1986, Freunds bester Mensch), letztere mit dem angesehenen World Fantasy Award ausgezeichnet, zu kleinen, schmerzhaften Kunstwerken heran. Insbesondere ›The Fall Collection‹ (1982, Die Herbstkollektion) ist eines dieser zutiefst anrührenden Meisterwerke, die nicht oft zu finden sind. Ein unheilbar krebskranker Mann zieht Bilanz aus seinem Leben und stellt fest, daß ihm die frustrierende Gleichförmigkeit seiner Vergangenheit den Tod nicht allzu schwer machen wird, doch die schmerzende Ironie der Geschichte besteht darin, daß der Mann in Anbetracht des nahenden Todes immer mehr erkennt, daß er in Wirklichkeit gar nicht der Langeweiler ist, für den er sich immer gehalten hat. Je näher der Tod tritt, desto intensiver blüht der Gezeichnete auf, und so ist er bald sogar dazu fähig, einer ›*wirklich* aufregenden und vor Leben sprühenden Frau‹[21] etwas zu bieten. »Sie liebte ihn, sagte sie. Sie hatte nie jemanden gekannt, der so nett und doch so interessant war. Staunend sah er ihr zu, wie sie weinte und konnte sein Glück kaum fassen.«[22]

Insbesondere einen so kreativen Schriftsteller wie Jonathan Carroll sieht man geradezu zwangsläufig von der Filmindustrie geschändet. Es ist nur eine Frage der Zeit, bis die Mächtigen aus Hollywood anklingeln. Erste Kontakte stehen bereits. Glücklicherweise liegt jedoch Carrolls einzige nachweisbare Verbindung zum kommerziellen Filmgeschäft in seinem Drehbuch zu Peter Patzaks *Der Joker,* einem ›sehr schlechten B-Polizistenfilm‹[23], so Carroll, den er innerhalb von zwölf Tagen heruntergerasselt hat. Da sind letztlich seine Ambitionen als Schriftsteller anspruchsvoller Romane und Kurzgeschichten bei weitem befriedigender: »Mein Traum ist es, schön, eindrucksvoll und phantasievoll zu schreiben.«[24] Ein Traum ist das schon lange nicht mehr. Und, das sei Ihnen versichert, *Black Cocktail* wird nicht Jonathan Carrolls letzter Auftritt auf der oft so schnellebigen Literaturbühne bleiben.

ANMERKUNGEN

Nicht in deutscher Sprache vorliegende Zitate wurden vom Autor übersetzt.

1 Pete Crowther, ›Moonchild‹/›Sky's Not the Limit‹ (2 Teile), erschienen in *Fear,* March 1989 und April 1989.
2 Wolfgang Ritschl und Walter Grübchen, ›Der laute Träumer‹, erschienen in: Frank Duwald (Hrsg.), *Jonathan Carroll: Die schwarzen Systeme der Romantik* (München: Verlag Thomas Tilsner, 1993).
3 George Vassallo, ›Jonathan Carroll‹, erschienen in: *Mystery Scene,* April 1991.
4 Franz Rottensteiner, ›Ein Interview mit Jonathan Carroll‹, erschienen im *Quarber Merkur* 68, Dezember 1987.
5 René Erdbürger, ›Ein Amerikaner in Wien: Jonathan Carroll‹, erschienen in *Tips Westfalen,* Oktober 1990.
6 Franz Rottensteiner, ›Ein Interview mit Jonathan Carroll‹, a. a. O.
7 D. H. Olson, ›Ein Gespräch mit Jonathan Carroll‹, erschienen in: Frank Duwald (Hrsg.), *Jonathan Carroll: Die schwarzen Systeme der Romantik,* a. a. O.
8 Franz Rottensteiner, ›Ein Interview mit Jonathan Carroll‹, a. a. O.
9 Jonathan Carroll, *Das Land des Lachens* (Frankfurt am Main: Insel, 1989), S. 10.
10 Franz Rottensteiner, ›Ein Interview mit Jonathan Carroll‹, a. a. O.
11 Anonym, ›Jonathan Carroll: Bitten by Talking Dogs‹, erschienen in *Locus,* March 1989.
12 Franz Rottensteiner, ›Ein Interview mit Jonathan Carroll‹, a. a. O.
13 Sidney Carroll steuerte seinerzeit Ray Bradburys Anthologie *Timeless Stories for Today and Tomorrow* (New York: Bantam, 1952) die beiden Kurzgeschichten ›None Before Me‹ and ›A Note for the Milkman‹ bei.
14 Michelle Field, ›Jonathan Carroll‹, erschienen in *Publishers Weekly,* January 27, 1992.
15 Susanne Eiff, ›Jonathan Carroll: Amerikaner, Lehrer, Schriftsteller — Ein ganz alltäglicher Phantast‹, erschienen in *Rheinischer Merkur/Christ und Welt,* 10. Juli 1987.
16 Pete Crowther, ›Moonchild‹/›Sky's Not the Limit‹, a. a. O.
17 Ebd.

18 Dave Hughes, ›Oh! Carroll‹, erschienen in *Interzone*, November 1991.
19 Pete Crowther, ›Moonchild‹/›Sky's Not the Limit‹, a. a. O.
20 Anonym, ›Jonathan Carroll: Unheimliche Schattenzonen‹, erschienen in *Basta*, Juli/August 1990.
21 Jonathan Carroll, ›Die Herbstkollektion‹, erschienen in: Jonathan Carroll, *Die panische Hand* (Frankfurt am Main: Suhrkamp, 1989), S. 67.
22 Ebd., S. 68.
23 Pete Crowther, ›Moonchild‹/›Sky's Not the Limit‹, a. a. O.
24 Franz Rottensteiner, ›Ein Interview mit Jonathan Carroll‹, a. a. O.